Christoph Biermeier

DIE WALDFÜCHSE 2

Das große Pfadfinderversprechen

camino.

Für Romy und Lorenz

Inhalt

O
N
S
W

Spurlos verschwunden

Paul hatte sich tief über das Gras gebeugt. Langsam lief er den Fußspuren hinterher. Im hohen Gras waren sie gut zu erkennen. Die Grashalme waren geknickt und glänzten silbern im Sonnenlicht.

„Gleich haben wir sie", hörte Paul Rico hinter sich sagen. „Sie haben den Fehler gemacht, dass sie hier entlanggelaufen sind. Hier sind die Spuren ganz deutlich zu sehen."

„Vielleicht mit Absicht", antwortete Said.

„Nie im Leben", lachte Paul. „So weit denken die nicht. Sie wollten nur so schnell wie möglich weg. Wir haben ihnen ja nur fünf Minuten Vorsprung gegeben."

„Ich weiß nicht, finde das komisch", sagte Said.

„Könnt ihr zwei euch auf die Spuren konzentrieren? Bin ich der Einzige, der hier noch seine Arbeit macht?", fragte Rico. „Wollen wir die Drei finden, oder nicht?"

„Ist ja recht, Chef", lachte Paul und konzentrierte sich wieder auf die Fußspuren im Gras. Wie ein silbernes Band zogen sich die drei Linien durch das Gras auf der Wiese hinter dem Stadtwald. Es war wirklich einfach, ihnen zu folgen. Sie hatten sich keine Mühe gegeben, die Spuren zu verwischen oder sich einen Trick einfallen zu lassen. Sie hätten sich ja trennen können, eine hätte nach links, eine nach rechts und eine geradeaus laufen können. Dann wäre es schon schwieriger für die Verfolger geworden. Aber so?

„Ein Kinderspiel!“, rief Rico. „Die haben wir gleich aufgespürt!“

„Abwarten“, erwiderte Said. „Da steckt Plan dahinter!“

„Schaut mal.“ Paul blieb stehen. „Hier ist das Gras zertrampelt. Ich glaube, hier sind sie stehen geblieben und haben überlegt. Kein Wunder, wenn die weltberühmten Waldfüchse ihnen dicht auf den Fersen sind.“

Die drei Jungs starrten auf die Spuren im Gras.

„Hab ich es nicht gesagt?“, freute sich Rico. „Sie werden nervös, weil sie gemerkt haben, dass sie einen Fehler gemacht haben. Welcher Anfänger läuft auch durch kniehohes Gras?“

„Dann mal los. Sie können nicht weit sein. Die kriegen wir!“, freute sich Paul.

„Hier geht Spur weiter“, sagte Said. „Aber seltsam, es sind auf einmal nur noch zwei.“

Die Jungs blieben stehen und schauten ins Gras.

„Was bedeutet das?“, fragte Paul erstaunt.

„Vielleicht sind nur zwei weitergelaufen?“, antwortete Rico. „Vielleicht ist es Tine zu anstrengend geworden und sie hat aufgegeben?“

„Wo soll denn Tine hingegangen sein? Hier ist doch nichts als Wiese? Meinst du, sie ist in ein Mauseloch gekrochen?“

„Nein, Paul, ich sage doch, da ist Plan dahinter!“

„Welcher Plan denn?“, fragte Rico genervt. „Es ist doch ganz einfach. Die Mädchen wollen uns verwirren. Zwei sind vorausgegangen und die Dritte ist genau in einer der Spuren gelaufen.“

„Damit es aussieht, als ob nur noch zwei unterwegs wären. Das macht Sinn“, erwiderte Paul. „Oder was denkst du, Said?“

„Ich glaube, dass Tine wie Vogel in die Himmel geflogen ist!“

Paul und Rico schauten Said erstaunt an. Der begann zu lachen: „War nur Witz!“

„Bei dir weiß man nie“, sagte Rico und musste auch lachen.

„Die Spuren führen zum Wald. Wir sollten uns beeilen, wenn sie es in den Wald schaffen, dann wird es viel schwerer, ihre Spur zu finden.“

„Keine Panik, Paul, wer sind wir?“

„Die Waldfüchse natürlich, Rico! Und wir finden Tine, Sunshine und Summer, das ist doch klar.“

„Klar wie Brühklose!“

„Das heißt Kloßbrühe, Said!“, korrigierte Rico.

„Bei dir vielleicht, bei mir ist es Brühklose. Los, wir suchen die Mädchen.“

Nach der Schule hatten die Waldfüchse sich wie immer unter der Trauerweide im Garten von Sunshine und Summer getroffen. Weil es endlich einmal wieder ein schöner warmer Tag gewesen war, hatten sie beschlossen, eine Verfolgungsjagd zu machen. Rico hatte ihnen erklärt, wie man Spuren liest und auf welche Zeichen man achten muss. Holla, die Waldfee! Das ist gar nicht so einfach.

Rico zeigte den Waldfüchsen eine Fahrradspur.

„Das ist zu leicht“, schnaubte Summer.

„Ganz klar, eine Fahrradspur", fuhr Sunshine fort. „Was soll daran schwer sein?"

„Dann sagt ihr zwei Schlaufüchse mir doch bitte, in welche Richtung das Fahrrad gefahren ist?", fragte Rico die Mädchen.

Die blickten sich stumm an und schüttelten den Kopf.

„Das kann man nicht herausfinden. Das ist eine Reifenspur, sonst nichts!"

„Ach Paul, ich dachte, du bist Detektiv!" lachte Rico.

„Bin ich auch und als Detektiv sage ich dir, man kann nicht bestimmen, in welche Richtung das Fahrrad gefahren ist."

„Und ich sage dir, du Meisterdetektiv, ich als Pfadfinder kann das und als Waldfuchs löse ich das Rätsel innerhalb von einer Minute."

„Die Zeit läuft!" rief Summer.

Rico ließ sich das nicht zweimal sagen und schon ratterte er los: „Auf den ersten Blick schaut die Reifenspur überall völlig gleich aus. Aber nur auf den ersten Blick. Seht ihr, hier ist der Fahrradfahrer über eine kleine Sandwelle gefahren. Und jetzt schaut mal hinter die Welle. Hier ist die Spur ein bisschen breiter. Warum?"

Paul überlegte laut: „Wenn der Reifen über diesen Minihügel fährt und vielleicht sogar einen Sprung macht, dann knallt das Vorderrad heftig auf den Boden auf und weil der Reifen voller Luft und weich ist, dehnt er sich in die Breite, wenn er auf den Boden prallt."

Rico pfiff anerkennend durch die Lippen und Tine meinte: „Das versteh ich nicht, aber wenn mein großer Bruder Paul das sagt, dann glaub ich es."

Und Summer und Sunshine grummelten: „Das ist doch klar, das wollten wir auch gerade sagen, aber Paul hat uns ja nicht zu Wort kommen lassen."

„Von wegen!", antwortete Paul und grinste.

Rico aber klopfte Paul anerkennend auf die Schulter und lobte ihn: „Gut kombiniert. Das stimmt. Dann können wir also feststellen, das Fahrrad ist in diese Richtung gefahren, weil der breitere Reifenabdruck hinter der Sandwelle ist."

Die Waldfüchse starrten auf die Spur und waren mächtig stolz, dass sie das Rätsel gelöst hatten.

Said deutete plötzlich auf einige Steinchen: „Hier liegen Kleinsteine. Und Stückchen weiter vorne sind kleine Löcher. Ich glaube, die Kleinsteine haben da gelegen und Fahrrad hat sie herausgeschleudert."

Rico staunte nicht schlecht: „Daran habe ich überhaupt nicht gedacht. Aber es stimmt. Die Steine sind nach hinten geflogen, als der Reifen über sie hinweg gefahren ist. Sehr gut, Said!"

Said winkte ab: „Weiß doch jedes Baby!"

„Sehe ich auch so", sagte Sunshine, aber Tine rief trotzig: „Ich bin kein Baby mehr, ich bin schon groß."

Dann liefen sie in den Wald und suchten nach Spuren von Tieren. Rico hatte sein Pfadfinderbuch dabei und so konnten sie einige Tierspuren entschlüsseln. Paul fand Rehspuren, Said die von einem Hasen und Tine echte Elefantenspuren. Behauptete sie zumindest und Sunshine und Summer gaben ihr recht. Rico schlug vor, dass die Mädchen sich verstecken. „Aber ihr müsst Spuren hinterlassen, denen wir folgen können."

„In Ordnung“, antwortete Sunshine. „Aber danach versteckt ihr euch und dann ...“

„...finden wir euch!“, unterbrach sie Summer.

„Ihr erwischt uns ganz sicher nicht!“, sagte Tine und schaute ganz ernst.

Die Mädchen liefen los und die Jungs warteten einige Minuten und dann folgten sie den Mädchen.

Jetzt standen sie am Waldrand, dort, wo der Mühlenbach zwischen den Bäumen verschwindet. Sie hatten befürchtet, dass die Mädchen in den Wald verschwunden waren. Aber die Spur lief am Bach entlang. Man konnte deutlich die Fußspur sehen.

„Hier“, rief Rico ganz aufgeregt. „Hier ist jemand entlanggelaufen. Das sieht aus wie Summers Turnschuh. Der Abdruck ist ganz deutlich zu erkennen. Man sieht den Löwen, den sie auf ihrer Sohle hat. Kommt schnell, gleich haben wir sie!“ Er zog Said mit sich.

Aber Paul rief: „Halt. Wieso Summer? Beziehungsweise wieso *nur* Summer? Wo sind die anderen beiden? Wo ist Tine und wo ist Sunshine?“

Verblüfft blieben die beiden Jungs stehen.

„Du hast recht“, sagte Rico, nachdem er die Spur noch einmal untersucht hatte. „Hier ist nur Summer gelaufen. Sonst niemand. Erst ist eine Spur verschwunden, jetzt auch noch eine zweite. Das gibt’s doch nicht.“

„Sage doch, sind weggeflogen!“

„Said, Menschen können nicht fliegen.“ Rico war genervt. Wo waren die Mädchen? Es ärgerte ihn, dass sie ihn aus-

tricksen wollten. Sie konnten sich doch nicht in Luft aufgelöst haben!

„Kommt!“, knurrte er. „Wir folgen Summers Fußabdrücken. Vielleicht finden wir weiter vorne einen Hinweis.“

Langsam und tief über die Spur gebeugt trotteten sie den Bach entlang. Nach etwa fünfzig Metern bog die Spur scharf nach rechts ab und führte zurück in die Wiese. Und nach vielleicht zehn Metern endete die Spur mit einem Mal. Sie hörte einfach auf!

Die Jungs plumpsten zu Boden.

„Na, toll. Jetzt hat Summer sich auch in Luft aufgelöst“, sagte Paul und schaute ratlos die beiden anderen an. Die schauten genauso ratlos zurück.

„Das gibt's doch nicht!", schimpfte Rico. „Die haben uns reingelegt. Die haben das mit irgendeinem billigen Trick gemacht. Aber ich find's raus!"

Sie überlegten. Paul hatte eine Idee.

„Ich seh das so. Entweder hat Said recht und Summer kann plötzlich fliegen. Oder ..."

„Oder?" Rico und Said hörten sich wie ein Echo an.

„Oder", fuhr Paul fort, „Summer hat sich hier, wo die Spur aufhört, einfach umgedreht und ist in ihrer eigenen Spur zurückgelaufen."

„Das hört sich gut an." Rico nickte. „Dann müssten wir am Bach Fußabdrücke von Summer finden, die in die andere Richtung führen. Los!"

Sie liefen zurück zum Mühlenbach. Aber welche Enttäuschung! Alle Spuren führten nur in eine Richtung: weg vom Wald.

„Hm", sagte Said. Und dann noch einmal: „Hmhmhm. Glaubt ihr mir, wegen ....?"

„Nein!", riefen die beiden.

„Ihr wisst nicht, was ich sagen will", beharrte Said.

„Die Mädchen können nicht fliegen!", antworte Paul.

„Nein. Ich glaube, Summer ist im Bach weg."

Die Jungs schauten Said mit großen Augen an.

„Keine Spur, weil Summer ist zurück in Bach. Im Wasser keine Spuren."

„Das ist es, Said!", Rico war ganz aufgeregt, er zog seine Schuhe aus und stapfte ins Wasser.

„Das ist aber kalt", stöhnte Rico.

„Was genau suchst du im Wasser?", fragte Paul.

„Keine Ahnung. Spuren. Kommt rein!“

Widerwillig zogen Said und Paul Socken und Schuhe aus und folgten Rico ins Wasser. Holla, die Waldfee, wie kalt das war.

Mühsam und zitternd wateten sie im Bach. Sie hatten den Waldrand fast erreicht, ohne auch nur das Geringste Zeichen der Mädchen entdeckt zu haben, als Rico einen Schrei ausstieß. Er riss die Arme nach oben und fiel ins Wasser. Er war ausgerutscht und lag nun wie ein nasser Fisch im Wasser.

Paul und Said wollten ihm aufhelfen, aber als sie seine Arme packten, kam auch Paul ins Schliddern. Er klammerte sich an Said, um nicht hinzufallen, doch dabei riss er ihn mit sich. Und schon lagen auch Paul und Said im Wasser. Zum Glück war der Bach an dieser Stelle recht flach, aber tief genug, so dass die Jungs durch und durch nass geworden waren.

Sie rappelten sich auf und krochen erschöpft ans Ufer.

Lange saßen sie einfach nur da, ohne ein Wort zu sagen.

Wieder einmal knackste es in Pauls Telepathieleitung:

„Paulzwei an Paul. Alles in Ordnung bei dir?“

„Nein, ist es nicht“, antwortete Paul so leise, dass nur Paulzwei es hören konnte. Paul und Paulzwei waren die besten Freunde gewesen, die man sich vorstellen konnte. Bis Paulzwei dann auf einmal weg war. Jetzt blieb ihnen nur noch die Telepathieleitung. Immerhin.

Dann hörten die Jungs ein Kichern, das immer lauter und schließlich zu einem Lachen wurde, das überhaupt nicht mehr aufhören wollte.

Verwirrt fragte Rico: „Wo kommt denn das Lachen her?"

„Mich würde eher interessieren, wer da so laut und gemein lacht", warf Paul ein.

„Ich weiß, wer lacht laut. Die Mädchen! Wer sonst?", antwortete Said.

Das Lachen kam aus der großen Buche, hinter ihnen am Bach.

Ob du es glaubst oder nicht, Tine, Sunshine und Summer saßen auf einem dicken Ast, ließen die Beine baumeln und hielten sich die Bäuche, so lustig war es, die nassen Jungs zu sehen.

„Sehr witzig", rief Rico. „Wirklich sehr witzig!"

„Ja, das finden wir auch", kicherte Sunshine.

„Das sah so lustig aus, wie ihr in den Bach gefallen seid!"

„Und wie Paul Said umgeworfen hat ...". Tine bekam einen neuen Lachkrampf.

Dann kletterten die Mädchen vom Baum und setzten sich zu den drei nassen Waldfüchsen.

Rico fragte: „Wie habt ihr das gemacht? Ich meine, das mit den Spuren, dass die immer weniger geworden sind. Und wie seid ihr unbemerkt auf den Baum gekommen. Und wieso hat deine Spur plötzlich aufgehört, Summer?"

„Ach, das war ganz einfach", sagte Sunshine.

„Pfadfinderwissen", ergänzte Summer.

„Weil wir kluge Mädchen sind", grinste Tine.

„Zuerst sind wir ganz normal gelaufen. Wir haben darauf geachtet, dass wir drei schöne Spuren machen, damit ihr uns schön brav folgen könnt", erklärte Summer.

„Dann haben wir das Gras ein wenig zertrampelt, weil wir nicht wollten, dass ihr mitbekommt –"

„… dass ich auf Sunshines Rücken geklettert bin, ich bin huckepack auf Sunshine geritten“, sagte Tine ganz stolz.

„Da waren es nur noch zwei Spuren“, erzählte Sunshine weiter. „Wir sind dann hierher zur Buche am Bach, haben auch hier das Gras zertrampelt und …“

„… und ich bin ganz allein von Sunshines Schulter auf den Baum gestiegen, ganz alleine!“ Tine war mächtig stolz auf sich.

„Ich bin Tine hinterher geklettert und …“, sagte Sunshine.

„… da war es nur noch eine Spur!“, sagte Summer. „Ich bin dann am Bach entlanggelaufen, weil man da so schöne Fußabdrücke machen kann. Schließlich bin ich in die Wiese gegangen.“

„Aber wieso hat die Spur plötzlich aufgehört?“, fragte Paul.

„Na, wieso wohl?“, antwortet Summer. „Ich bin in der Spur zurückgegangen.“

„Ich hab’s gewusst“, rief Rico. „Hab ich’s nicht gesagt?!“

„Aber wie bin ich zum Baum zurückgekommen?“, fragte Summer in die Runde. „Durch den Bach ja offensichtlich nicht. Da würde ich so aussehen wie ihr Badenixen!“

Schon wieder kicherten die Mädchen. Ganz schön gemein, wenn du mich fragst!

„Nein, ich bin rückwärts gelaufen und habe ganz genau aufgepasst, dass ich mit meinen Schuhen in die Fußabdrücke von vorher getreten bin.“

„Deswegen haben wir nichts gemerkt! Deswegen haben wir nur die Spuren gesehen, die vom Baum wegführten. Sehr schlau!“ Paul nickte anerkennend.

„Ich bin dann auch auf die Buche geklettert und von dort oben haben wir uns euren Badespaß angesehen!"

Rico ärgerte sich: „Eigentlich logisch! Das hätten wir herausfinden können!"

„Habt ihr aber nicht!" antwortete Tine frech.

Paul seufzte. Jetzt war Tine eindeutig wieder Neunmalnerv, die kleine Schwester, die neunmal mehr nervt als andere Kinder. Er funkte Paulzwei auf der Telepathieleitung an und wollte ihn fragen, ob er ihm nicht Neunmalnerv für ein paar Tage abnehmen wollte. Aber Paulzwei nahm den Hörer nicht ab. Natürlich nicht. Paulzwei kannte Tine.

„Weißt du, Rico, das ist überhaupt nicht schwer gewesen. Ich habe nur in deinem Pfadfinderbuch ein paar Seiten weitergelesen. Da stand alles drin."

„Jedenfalls müssen wir noch ganz schön viel lernen, bis wir richtige Pfadfinder sind", sagte Rico schließlich.

„Nicht wir Mädchen, nur ihr Jungs!", lachte Summer.

„Na wartet, das werdet ihr büßen!", rief Paul und sprang auf.

Wenn du ein richtiger Pfadfinder wärst, dann würdest du sehen, wie fünf Spuren über die Wiese führten. Und du würdest in den Spuren lesen können, dass drei Jungs in wahnsinniger Geschwindigkeit drei Mädchen hinterherrannten. Aber das würdest du nur erkennen, wenn du ein richtig, richtig toller Pfadfinder wärst. Ein richtig toller Pfadfinder aber wird man nicht so einfach. Das dauert ganz schön lange!

Eine gute Nachricht

„Ihr seid mir so richtige Pfadfinderhelden!“ Pauls Papa schmunzelte, aber Pauls Mama war überhaupt nicht nach Lachen zu Mute.

„Ihr hättet ertrinken können, wisst ihr das?“, rief sie wütend.

„Das Wasser im Bach ging mir nicht mal bis zu den Knien!“, stöhnte Paul.

„Und warum bist du dann nass bis in die Haarspitzen?“, fragte Tine frech.

„Fang du auch noch an, Neunmalnerv!“, schimpfte Paul.

„Mama hat recht“, sagte Pauls Papa. „Ihr wart ganz schön unvorsichtig. Wieder einmal.“

Paul antwortete: „Die Waldfüchse sind die beste Pfadfindersippe der Welt, da darf man dann auch einmal ein bisschen unvorsichtig sein, weil – miteinander bekommen wir alles hin!“

Davon waren Paul, Rico, Sunshine, Summer, Said und Tine ganz fest überzeugt. Auch wenn sie einige Zeit eine geheime Sippe gewesen waren. Aber daran waren die Papas von Paul und Rico schuld. Die waren vor vielen Jahren auch Pfadfinder gewesen und, ob du's glaubst oder nicht, die Sippe der beiden Väter hieß auch Waldfüchse. Zufälle gibt's! Aber dann gab es einen heftigen Streit zwischen den Papas und beide verließen die Pfadfindersippe. Die Auseinandersetzung war so heftig gewesen, dass sie kein Wort mehr miteinander gesprochen und sich nie mehr wiedergetroffen hatten, bis, ja, bis die neuen Waldfüchse, die Sippe ihrer Kinder, verschwunden waren und die Papas sich bei der Vermisstenstelle der Polizei wiedergetroffen hatten. Danach hatten sie gemeinsam die Kinder gesucht und sie schließlich auch gefunden. Dann hatten sie sich wieder versöhnt und ihren Kindern versprochen, dass sie endlich echte Pfadfinder werden dürfen. Holla, die Waldfee!

Und jetzt saßen die Waldfüchse auf der Terrasse von Pauls Elternhaus und tranken Zitronenlimonade. Pauls Papa klopfte mit einem Löffel an sein Glas, wartete, bis alle verstummten, räusperte sich und sagte schließlich in diesem komischen Ton, den er immer hatte, wenn er etwas ganz Wichtiges zu erzählen hatte:

„Meine Damen und Herren, verehrte Kinderschar. Aus gegebenem Anlass erlaube ich mir, das Wort zu ergreifen. Unsere Kinder haben bewiesen, dass sie richtig gute Pfadfinder sind. Zumindest dann, wenn sie nicht von zu Hause ausreißen und nicht ins Wasser fallen. Andererseits habt ihr bewiesen, dass ihr auch gefährliche Situationen meistern könnt. Deshalb haben wir, eure überaus tollen Eltern, Folgendes beschlossen.“

Paul und Tines Papa machte eine bedeutende Pause.

Tine stöhnte: „Papa, kannst du nicht einfach normal reden?“

„Oh je, jetzt hab ich vergessen, was ich sagen wollte!“

„Papa, das ist nicht witzig!“

„Na gut, Tine“, fuhr ihr Papa fort. „Wir sind der Meinung, es ist an der Zeit, dass ihr Waldfüchse endlich zu den Pfadfindern kommt. Ich habe euch angemeldet. Das war zwar ein bisschen kompliziert, weil ihr ja schon eine Sippe seid. Normalerweise kommen immer nur einzelne Kinder und die werden dann in eine Sippe gesteckt, aber es hat geklappt. Warum? Weil jeder Stamm natürlich die beste Pfadfindersippe der Welt aufnehmen will. Am Montag habt ihr euer erstes Treffen! Ihr werdet um vier Uhr im Gemeindezentrum erwartet!“

Kannst du dir vorstellen, was da für ein Jubel losbrach? Die Menschen auf der Straße blieben stehen und schauten verwundert in den Garten. Nur Tine blieb stumm und schaute mit offenem Mund von einem zum andern. Und da muss schon etwas ganz Besonderes passieren, dass es Tine die Sprache verschlägt!

Das erste Treffen

Am Montag waren die Waldfüchse von der Schule nach Hause gerast, hatten ihre Schulranzen in die Ecke geworfen und sich gleich darauf bei Sunshine und Summer im Trauerweidenversteck getroffen. Sunshine hatte jedem einen orangen Wollfaden um das Handgelenk gebunden.

„Damit auch jeder sieht, dass wir zusammengehören", sagte Summer.

Das orange Band hatten sie sich bei der Gründung ihrer geheimen Sippe ausgedacht. Sie durften ja kein orangenfarbenes Pfadfinderhalstuch tragen, deshalb kamen sie auf die Idee mit dem Faden. Seither war es ihr Erkennungszeichen.

Paulzwei hatte zwar Paul einmal angefunkt und gefragt, wieso die Waldfüchse eigentlich ein Erkennungszeichen brauchen, weil sie sich ja schon kennen. Paul hatte ihm geantwortet, dass geheime Sippen eben geheime Zeichen brauchen, weil das die geheime Sippe noch geheimer macht und damit aufregender. Das hatte Paulzwei eingesehen und Paul hatte Paulzwei versprochen, ihm auch irgendwann einmal ein Band zu schenken.

Dann fuhren sie los zum Gemeindezentrum.

„Niemand da", sagte Rico. „Ob die uns vergessen haben?"

„Erst halb vier", antwortete Said. „Viel Zeit zu früh."

„Wir könnten ja nochmals eine Verfolgungsjagd machen. Hinter dem Haus ist ein Bach, da können die Jungs dann wieder reinfallen", schlug Summer vor.

„Das könnte dir so passen". Paul zog Summer die Mütze vom Kopf und warf sie zu Rico. Und schon war die schönste Mützenschlacht seit ihrer Erfindung vor, sagen wir, 4000 Jahren im Gange. Die Mütze flog hin und her, von dem Einem zur Andern, sie flog durch die Luft und wurde aufgefangen, wieder weitergereicht, es war ein Geschrei und Gekichere – und plötzlich flog sie einem Jungen auf den Kopf. Dort blieb sie liegen und das sah sehr komisch aus. Aber kein Waldfuchs lachte, denn der Junge mit der Mütze hatte eine Pfadfinderkluft an. Er hatte zwar das Hemd nicht zugeknöpft und trug es locker über dem T-Shirt, aber es war eine Pfadfinderkluft, ohne Zweifel.

Neben dem Jungen stand ein Mädchen. Sie hatte ein rotes Pfadfindertuch um den Hals geschlungen. Das sah lustig aus, denn sie hatte ganz blaue Haare, trug eine grüne Hose und ein lila Hemd.

„Das sind unsere Leiter", schoss es Paul durch den Kopf. „Wie peinlich. Wir sind echt peinlich!" Keiner rührte sich und alle starrten die beiden an.

„Na, das ist aber eine freundliche Begrüßung", sagte schließlich der Junge. „Ist die Mütze ein Begrüßungsgeschenk?"

„Unbedingt", sagte Summer, die sich als erste wieder gefasst hatte. „Die wollte ich dir schenken."

„Und du kriegst meine", rief Sunshine, riss ihre Mütze vom Kopf und überreichte sie dem Mädchen mit den blauen Haaren.

„Das ist aber nett. Danke! Ich bin Lena und der hier, das ist Tom. Und ihr seid bestimmt die Waldfüchse!"

„Ja“, antwortete Rico zaghaft. „Seid ihr unsere Gruppenleiter?“

„Ganz genau“, sagte Tom, „wir sind schon ganz gespannt auf euch, denn, eine ganze Sippe zu bekommen, das ist neu!“

„Na, dann strengt euch mal an“, rief Tine vergnügt und strahlte die beiden an. Die schauten erst einmal überrascht und dann lachten sie prustend los. Die anderen Waldfüchse mussten mitlachen, ob sie wollten oder nicht. Das Eis war gebrochen! Du musst zugeben, Tine ist zwar ganz schön frech, aber auch ganz schön mutig!

Dann stellten sich alle mit ihrem Namen vor und schließlich fragte Lena: „Sagt mal, habt ihr vielleicht Lust auf eine Rally?“

Die Waldfüchse sahen sich an. Paul hatte keine Ahnung, was das ist, eine Rally. Aber die anderen offensichtlich auch nicht. Sie sahen Paul ratlos an. Der fasste sich ein Herz:

„Ich liebe Rallys. Ich meine, es gibt nichts, was besser ist als Rallys. Rallys sind toll. Ich esse sie jeden Tag, diese Rallys! Am liebsten mit Schokostreuseln drauf!“

Da war sie wieder, Pauls „überbordernde Fanatsie“, wie seine Schwester es nannte. Er konnte nichts dagegen machen! Paul hörte ein Wort, von dem er nicht wusste, was es bedeutete. Aber er sah irgendwelche Sachen, von denen er glaubte, dass sie dieses Wort sein konnten. Beim Wort Rally waren es kleine Kekse mit bunten Schokostreuseln drauf.

Lena und Tom schauten ihn überrascht an. Dann strich Lena ihm über den Kopf und sagte:

„Aber Paul, eine Rally, das ist doch nichts zum Essen, eine Rally ist so etwas wie ein Etappenrennen. Man macht Aufgaben an verschiedenen Stationen.“

Und Tom sagte: „Naja, es ist ja euer erster Tag, das kriegen wir schon hin!"

Paul wäre am liebsten im Boden versunken, so sehr schämte er sich. Rico zischte ihm zu: „Manchmal sollte man lieber die Klappe halten. Was sollen denn die beiden von uns denken? Dass wir Anfänger sind, oder was?"

Paul wurde rot und sagte nichts mehr.

„Wir haben uns überlegt, wir machen ein kleines Spiel mit euch, nämlich eine Rally. Wir haben uns einige Aufgaben für euch ausgedacht, die ihr an verschiedenen Stellen im Gemeindezentrum machen könnt. So lernen wir euch kennen und ihr seht schon mal, wie es hier aussieht und was wir alles machen. In Ordnung?"

„Klar, Tom", antworteten Sunshine und Summer gleichzeitig.

Und Lena fügte hinzu: „Und Paul bekommt anschließend seine Rallys zum Essen!"

Alle lachten. Nur Paul nicht. Das kannst du verstehen, oder?

Die Rally

„Wir singen immer am Anfang und am Ende ein Lied. Habt ihr einen Vorschlag?“, wollte Lena wissen.

„Wie wär’s mit ‚Flinke Hände, flinke Füße‘?“, schlug Sunshine vor. „Das singt unsere Oma immer beim Aufräumen!“

„Gute Idee“, lachte Tom. Lena schnappte sich ihre Gitarre und dann sangen alle los:

„Kriecht aus eurem Schneckenhaus,
zieht die alten Kleider aus,
wir wollen fair und ehrlich sein,
setzen unsere Kräfte ein!
Kommt, laßt uns den Anfang machen.
Wir probieren neue Sachen.
Wir brauchen Mut und Fantasie,
sonst ändern wir die Erde nie!
Flinke Hände, flinke Füße,
wache Augen, weites Herz,
Freundschaft, die zusammenhält,
so verändern wir die Welt. ….
Steht nicht abseits, schließt den Kreis,
jeder neue Freunde weiß:
Wir brauchen Menschen, die mit uns gehn,
die Welt mit ihrem Herzen sehn.
Seht die Welt mit wachen Augen,
lasst die Sprüche, die nichts taugen.

Wir glauben an den guten Geist,
der den rechten Pfad uns weist.
Kommt, laßt uns den Anfang machen.
Wir probieren neue Sachen.
Wir brauchen Mut und Fantasie,
sonst ändern wir die Erde nie!
Flinke Hände, flinke Füße, wache Augen, weites Herz,
Freundschaft, die zusammenhält,
so verändern wir die Welt. ....“

Es machte den Waldfüchsen einen Riesenspaß zu singen. Sogar Said, der das Lied nicht kannte, sang trotzdem ganz laut mit.

Auch Paul war wieder voll bei der Sache.

Dann waren sie in den Gemeinschaftsraum gegangen und hatten es sich auf bunten Sitzsäcken gemütlich gemacht. An den Wänden hingen viele Bilder von einem Zeltlager. Spannend sah das aus! Irgendwann würden auch die Waldfüchse an einem Zeltlager teilnehmen. Ganz sicher!

Paul dachte, dass das Lied richtig gut passte. Lena und Tom waren echt nett. Mit den beiden wird es bestimmt gut, da war sich Paul sicher und auch aus der Telepathieleitung kam ein zufriedenes Knacksen. Erst hatte er ein wenig Sorgen wegen Rico gehabt. Bisher war Rico immer der Anführer gewesen. Rico hatte sich für jedes Treffen etwas Neues ausgedacht und ihnen eine Menge nützlicher Pfadfindertechniken beigebracht. Wegen Rico wussten sie, wie man die Himmelsrichtungen bestimmt, sogar in der Nacht. Oder wie man ein Kanu herstellt. Zumindest fast.

So hatten sich Rico und Paul kennengelernt, erinnerst du dich noch? Paul hatte Rico verfolgt und ihm dann geholfen, ein Kanu zu bauen. Das sah toll aus, war aber leider untergegangen. Aber nur ein bisschen, dachte Paul. Paul hatte gedacht, dass Rico vielleicht traurig wäre oder sauer, dass er nun nicht mehr der Gruppenleiter war. Aber Rico strahlte übers ganze Gesicht und sang am lautesten von allen. Und am falschesten! Paul freute sich, sah Tine an, die ihm fröhlich zuwinkte, sah, dass auch Said seinen Spaß hatte und Sunshine und Summer waren ohnehin immer gut gelaunt. Lena und Tom waren nett und alles war gut!

Nach dem Singen führte sie Tom zu einem großen Tisch, auf dem Seile lagen.

„Schaut mal, ihr Waldfüchse, jetzt zeig ich euch die wichtigsten Knoten. Knoten sind großartig, wenn du Knoten beherrscht, dann brauchst du keine Nägel mehr und auch keine Schrauben. Knoten können …“

„… Alles!“, fiel ihm Tine ins Wort. „Wissen wir! Übrigens, wusstest du, Tom, dass du nur neun Knoten brauchst, dann kannst du wirklich alles zusammenbinden.“

Tom schaute sie mit großen Augen an und Lena grinste. Paul dachte, dass seine kleine Schwester schon ganz schön groß geworden war. Und mit der Größe war auch ihr Mundwerk gewachsen.

Es sprudelte nur so aus ihr heraus: „Hör gut zu, Tom, dann lernst du was: es gibt den Flaschenknoten, den Zimmermannsknoten, die einfache Gleitschlinge, die Achterschlinge, die Seilverkürzung, den Anglerknoten, den Weber- und den gekreuzten Weberknoten und die Rettungsschlinge! Das ist alles!“

Lena klatschte begeistert in die Hände und die Waldfüchse pfiffen anerkennend durch die Zähne. Tine verbeugte sich wie eine richtige Schauspielerin und sagte: „Da ist doch nichts dabei, das weiß doch jedes Pfadfinderbaby."

Tom aber sagte: „Na, dann, junge Dame, dann zeig uns aber auch, wie man zum Beispiel den Zimmermannsknoten richtig macht!"

„Weiß ich doch nicht. Ich kenn die Namen und die anderen kennen die Knoten. Stimmt doch, Rico?"

Rico zuckte zusammen. Natürlich hatte er mit den Waldfüchsen die Knoten ausprobiert, aber mit dem Buch in der Hand und nicht auswendig! Das war ganz schön gemein von Tine. Und jetzt?

Da sagte Said: „Kein Problem. Knoten knoten sich ganz alleine!"

Er schnappte sich zwei Seile und begann, sie ineinander zu schlingen.

„Es gibt doch nichts Einfacheres als …"

„… Menschenknoten!", flöteten Summer und Sunshine. Und schon lagen sie auf dem Boden und machten akrobatische Verrenkungen. Sie schlangen ihre Beine ineinander, Sunshine streckte ihre Arme aus, drückte Summers Schultern nach oben und schon standen Summers Beine senkrecht in der Luft. Wie elegant das aussah!

Hab ich dir eigentlich schon erzählt, dass die Eltern der Mädchen berühmte Zirkusakrobaten sind? Sie sind immer unterwegs und zeigen ihr Können in der ganzen Welt. Summer und Sunshine wohnen dann bei ihrer Oma und natürlich können sie auch schon viele Kunststücke, weil sie auch einmal zum Zirkus wollen. Sie haben sogar ein Trampolin im Garten ihrer Oma stehen. Aber nicht so ein kleines Trampolin, wie du es vielleicht bei dir zu Hause hast, sondern ein richtig großes Zirkustrampolin. Mit dem kann man sogar Salto machen. Holla, die Waldfee!

Lena und Tom applaudierten den Mädchen und Paul ärgerte sich ein wenig, dass er nicht so aufregende Sachen konnte. Zusammen mit Said versuchte er, eine Strickleiter zu bauen. Said hatte ein paar kurze Stöcke gefunden und Paul daran erinnert, dass man mit einem Flaschenknoten Sprossen prima befestigen kann. Said sagte dazu zwar „falscher Knoten", aber Paul hatte ihn genau verstanden. Nur war das nicht so einfach, weil – erstens, wie ging der Flaschenknoten nochmal? Und zweitens, wie musste man die Sprossen halten? Und drittens, wie bekam man den richtigen Abstand zwischen den Stöcken hin? Und viertens und fünftens und sechstens! Ganz schön schwierig, wenn du mich fragst.

Rico lief aufgeregt zwischen allen hin und her und gab Tipps, die niemandem halfen. Aber das störte ihn nicht und die anderen auch nicht, weil das Knotenbinden einfach Spaß machte!

Und Tine? Tine redete auf Tom und Lena ein. Sie redete ohne Punkt und ohne Komma. Sie wollte alles wissen. Wann sie endlich ihre Pfadfinderkluft bekommt. Und ob es die auch in anderen Farben gibt, weil braun, naja, ... Ob Pfadfinder auch Süßigkeiten essen und ob man in das Zeltlager Kuscheltiere mitnehmen darf. Wie man Rauchzeichen macht und dass sie, Tine, schon ganz alleine Geheimschrift

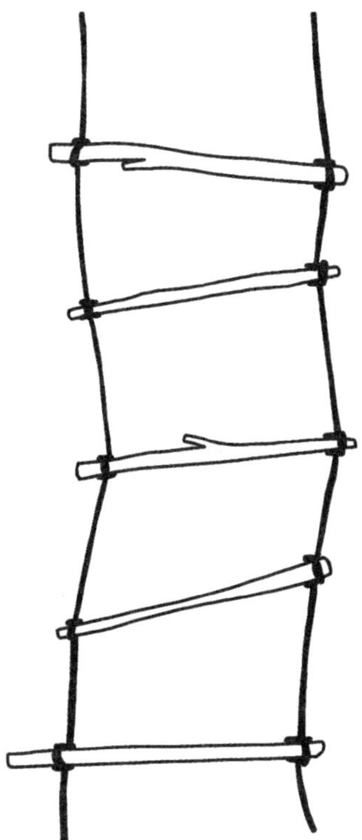

kann. Und dass sie Tom und Lena gerne zeigt, wie man aus Zitronensaft eine unsichtbare Tinte machen kann und dass Paul ein ganz buntes Zimmer hat und ihr Papa auch Pfadfinder gewesen war und dass Said aus einem Land kommt, das Krieg heißt und dass die Oma von Sunshine und Summer Yoga kann und und und.

Am Ende wussten Lena und Tom mehr über die Waldfüchse als diese selbst. Irgendwann klatschte Lena in die Hände und sagte leicht erschöpft: „Zeigt doch mal, was für Knoten ihr zustande gebracht habt!“

Said und Paul zeigten ihre Strickleiter. Sie sah richtig gut aus und für jemanden mit zwei unterschiedlich langen Beinen war sie perfekt.

„Das ist doch schon mal ein guter Anfang, Jungs“, sagte Tom und nickte ihnen zu. Said wurde fast ein wenig rot und Paul freute sich.

„Und was habt ihr gemacht, Sunshine und Summer?“, fragte Lena.

Die beiden saßen am Boden und sahen irgendwie verrenkt aus.

„Das weiß ich auch nicht so genau…“, sagte Summer und Sunshine ächzte: „Irgendwie haben wir uns nicht einigen können, wie man das Seil zusammenknotet und dann …“

„… habe ich herumgezerrt …“

„… und ich habe gezogen …“

„… und weil du gezogen hast, habe ich noch mehr gezerrt…“

„… und jetzt haben wir den Salat!“

Verwundert standen alle um die Mädchen herum. Ob du es glaubst oder nicht, sie hatten sich selber gefesselt! Ihre Hände waren so fest zusammengeknotet, dass Tom das Seil mit einer Schere durchschneiden musste.

Wenn du jetzt denkst, dass das Sunshine und Summer peinlich war, dann täuschst du dich aber ganz gewaltig. Sie fanden es lustig! Und ehrlich gesagt, ich auch!

„Auf zur nächsten Station“, rief Lena. „Aber Vorsicht, jetzt wird’s unheimlich!“

Sie führte die Waldfüchse in einen Raum. Es war stockdunkel! Es war so dunkel, dass man die Hand vor Augen nicht sah. Es war schwarz.

„Gruselig!“, flüsterte Tine.

„Keine Angst, wir sind da“, flüsterte Lena zurück.

„Stellt euch vor, ihr habt euch in einem Wald verlaufen. Es ist Nacht geworden. Dunkle Nacht!“

„So wie jetzt“, sagte Rico.

„So wie jetzt“, antwortete Tom. „Alles was ihr wisst, ist, dass euer Zelt nördlich von euch sein muss.“

„Woher wissen wir das?“, fragte Sunshine.

„Sagt ihr es mir“, flüsterte Lena.

„Als wir von unserem Zeltplatz aufgebrochen sind, war es Mittag. Die Sonne hat uns geblendet“, begann Paul.

„Genau. Und um Mittag steht die Sonne im Süden!“ Rico schnalzte anerkennend mit der Zunge.

„Kluger Paul!“

„Ich hab Hunger“, stöhnte Tine.

„Tine, bitte!“

„Ist aber so, Paul. Wenn wir am Mittag aufgebrochen sind und jetzt ist es Nacht, dann haben wir nichts gegessen und deswegen habe ich jetzt Hunger!“

„Da hat Tine recht“, lachte Lena.

Said aber sagte ruhig: „Tine, du hast nicht Hunger. Glaub mir, wenn dunkel und du verirrt, dann hast du keinen Hunger. Du hast Angst. Ich weiß!“

Für einen Moment waren alle still. Said hatte mit seiner Familie aus seiner Heimat fliehen müssen. Er wusste genau, wie es ist, wenn man sich verirrt.

„Von mir aus, dann habe ich eben keinen Hunger, dann habe ich eben Durst.“

„Dann trink, hier ist ein Bach“, sagte Sunshine.

Und wirklich, mit einem Mal war das Blubbern von Wasser zu hören. Wo kam plötzlich ein Bach her und wie kam er in dieses dunkle Zimmer?

„Jetzt mach schon, Tine, trink“, hörten die Waldfüchse Summer rufen. „Ich hab keine Lust, ewig Bachgeräusche zu machen, nur weil du Durst hast.“

„Schon fertig!“

„Also, wie geht es weiter?“, fragte Tom. „Wir wissen, wir müssen nach Norden, wie finden wir heraus, wo Norden ist?“

„Die Sterne!“ Paul war ganz aufgeregt. „Natürlich, die Sterne!“

„Siehst du hier irgendwo Sterne?“, unterbrach ihn Rico. „Ich seh keine. Nicht einen einzigen Stern sehe ich!“

„Klarer Fall von Hochnebel“, ergänzte Sunshine.

„Und Wind“, sagte Summer und machte Windgeräusche.

„Ich will nach Hause.“ Tine war plötzlich ganz kleinlaut.

„Sollen wir aufhören mit dem Spiel?“, fragte Lena besorgt.

„Nein, natürlich nicht. Wie kommst du denn da drauf! Ich kann es mir nur gerade so gut vorstellen, wie das ist, wenn man sich verlaufen hat. Gut, dass du da bist, Paul.“

Paul spürte, wie eine kleine Hand seine Hand suchte. Meine kleine Schwester ist ganz schön anstrengend, dachte Paul, und sie ist ein richtiger Neunmalnerv, weil sie neunmal mehr nervt als alle anderen. Aber sie ist meine kleine Schwester und ich mag sie gern. Er drückte ihre Hand ganz fest und Tine seine.

„Sterne fallen schon mal aus. Dann sieht es nicht gut aus!“

„Handy! Wieso benutzen wir nicht einfach ein Handy?“, fragte Sunshine in die Runde.

„Weil ich kein Handy habe und du auch nicht!“ antwortete Paul.

Rico war genervt: „Was willst du denn mit einem Handy? Pfadfinder brauchen doch keine Handys!“

„In einer Notsituation darfst du alles benutzen, was dir hilft, auch ein Handy“, korrigierte ihn Tom. „Hier hast du meines!“

Ein blaues Licht leuchtete in der Dunkelheit auf und Rico schnappte sich das Telefon.

„Kein Empfang!“, sagte er.

„Stimmt, hier in diesem Raum haben wir nie Empfang. Pech gehabt, Waldfüchse!“, seufzte Lena.

„Müssen wir jetzt sterben?“, fragte Tine leise.

„Wir nicht, nur du, weil dich gleich ein wilder Bär frisst!“, Sunshine lachte und Summer machte Bärengeräusche.

„Das Handy hilft uns also nicht weiter.“ Rico war ratlos.

„So würde ich das nicht sagen“, antwortete Tom. „Immerhin haben wir jetzt Licht. Das ist doch schon mal ein Fortschritt.“

„Und was hilft uns das jetzt?“, fragte Paul.

„Licht gut gegen Angst“, flüsterte Said.

„Stimmt“, pflichtete ihm Tine bei. „Und Bären!“

„Stellt euch einmal vor, wir haben eine Lichtung im Wald gefunden. In der Mitte der Lichtung steht ein Baum. Seht ihr ihn?“, fragte Lena.

Und wirklich, die Waldfüchse sahen den Baum. Sachen gibt’s, holla die Waldfee!

„Was fällt euch auf an dem Baum?"

„Er hat rote Kugeln und Lametta und Strohsterne!", schlug Summer vor.

„Blödsinn, Summer, immer musst du nur Blödsinn reden", ärgerte sich ihre Schwester.

Tom fuhr fort: „Seht ihr nicht, dass der Baum ein wenig schief ist? Er biegt sich in eine Richtung. Außerdem sind die Äste verschieden lang. Die langen Äste zeigen in die entgegengesetzte Richtung von der Biegung."

„Jetzt, wo du es sagst, Tom, sehe ich es auch. Ja, ganz deutlich", sagte Rico bewundernd.

„Aber was soll das bedeuten?", fragte Sunshine.

„Das ist nur ein blöder schiefer Baum."

„Für dich, Sunshine, aber für einen erfahrenen Pfadfinder ist das ein wichtiger Hinweis."

„Dann sag uns bitteschön den Hinweis, du erfahrener Pfadfinder", säuselte Summer.

„Ihr müsst wissen, die Hauptwetterseite ist hier bei uns Nordwesten. Das heißt, der Wind bläst bei uns meistens aus dieser Richtung."

Summer machte jetzt Sturmgeräusche.

„Mit der Zeit biegen sich dann die Bäume, die alleine stehen, unter dem Druck des Windes in welche Richtung?"

„Du hast es doch selber gerade gesagt, nach Nordwesten!", antwortete Sunshine schnell.

„Falsch", sagte Rico nach einigem Nachdenken.

„Sie beugen sich nach Südosten, weil der Wind aus Nordwesten kommt."

„Das wollte ich auch gerade sagen", warf Paul ein.

„Ich auch, ich auch, ich auch!“, riefen die andern durcheinander.

Tom und Lena lachten.

Rico redete gleich weiter: „Jetzt ist alles klar!“

„Klar wie Brühklose!“

„Ja, klar wie Brühklose, Said. Wir drehen uns also nach Südosten. Wie finden wir heraus, wo Süden ist? Wir laufen nicht schnurgerade nach Südosten, sondern etwas weiter rechts. Da ist Süden!“

„Also los, ich hab schon wieder Hunger!“

„Nicht so schnell, Tine.“

„Lena, du bist langweilig!“

„Ist sie nicht“, sagte Tom. „Wenn wir losmarschieren, dann sind wir wieder im Wald. Wie finden wir jetzt Süden?“

„Tom, heute bist du aber ganz schön in Fahrt“, meinte Lena. „Vielleicht sollten wir zur nächsten Station gehen?“

„Nein, bloß nicht“, riefen die Waldfüchse im Chor.„Es ist gerade so spannend. Bitte nicht!“

„Ist ja gut“, lenkte Lena ein.

Tom war in seinem Element. „Wisst ihr, wie wir im Wald herausfinden, wo Süden ist?“

„An der Biegung der Bäume! Das ist doch einfach!“

„Nein, Rico. Im Wald kann der Wind die Bäume normalerweise nicht verbiegen. Aber ich geb euch einen Tipp: wenn du es dir aussuchen könntest, Paul, wo würdest du wohnen wollen, wenn du ein Käfer im Wald wärst? Da, wo es warm ist, oder da, wo es kalt ist?“

„Paul ist doch kein Käfer!“, protestierte Tine. „Mein Bruder ist ein Waldfuchs, aber nie im Leben ein Käfer!“

„Natürlich ist dein Bruder kein Käfer, Tine. Ich meine ja nur, wo leben Käfer im Wald?“

„Im Boden?“, fragte Said.

„Ja, aber auch in Bäumen und zwar in morschen oder abgestorbenen Bäumen. Und jetzt komme ich zu meiner Frage zurück: Wo würdest du in einem Baum wohnen, Paul, wenn du ein Käfer wärst, und zwar ein Ohrenkäfer?“

„Igitt, Ohrenkäfer, wie eklig“, schrie Tine und auch Sunshine stöhnte auf.

„Jetzt bin ich aber gespannt, Ohrenkäfer-Paul“, lachten Summer und Sunshine. Seltsam, dass Zwillinge manchmal alles gleichzeitig und alles ganz gleich machen, oder?

„Ich würde sagen, da, wo es warm ist. Warte mal, ja, natürlich! Warm ist es da, wo kein Wind ist. Der Wind kommt von Nordwest und deshalb sind die Ohrenkäfer auf der anderen Seite, also im Südosten! Stimmt's?“

„Perfekt!“, lobte Tom und auch Lena nickte zustimmend.

Paul bekam vor Stolz rote Ohren, das sah aber niemand, weil es ja so dunkel war. Im Wald im Gemeindezentrum.

„Dann wollen wir mal weiter und zur ....“

Ein neuer Pfadfinder

In diesem Moment ertönte ein lauter Pfiff aus einer Trillerpfeife und eine Stimme rief wütend: „Stopp! Halt! Keiner rührt sich! So geht das nicht!"

Alle zuckten erschrocken zusammen. Said stieß einen Schrei aus und Tom ließ sein Handy fallen.

Dann ging mit das Licht an, die Neonleuchten flackerten kurz und dann war der Raum taghell. Die Waldfüchse kniffen die Augen zusammen, so hell war es plötzlich.

„Das ist mein Raum und hier hat niemand etwas zu suchen, außer ich oder außer ich erlaube es!"

Langsam hatten sich die Augen an die Helligkeit gewöhnt und nun sahen die Kinder, wer hier so schrie. Es war ein Junge, der ungefähr so alt war wie Paul. Er war ganz dünn und hatte eine rote Brille auf der Nase. Hinter den Gläsern funkelten wütende schwarze Augen. Er trug eine rote Wollmütze, unter der braune Locken hervorquollen.

„Entschuldigung, Lenart. Ich weiß, wir hätte dich fragen sollen, aber wir wollten den Neuen das Gemeindezentrum zeigen", sagte Lena beschwichtigend.

„Nein, ihr hättet nicht fragen *sollen*, ihr *müsst* fragen! Ich bin für all das verantwortlich."

Er deutet auf die Rückwand. Die Waldfüchse sahen Regale, die bis zur Decke reichten. Darin lagen große Säcke, kleine Säcke, Kisten und Tüten. Alles war fein säuberlich aufgeräumt und so ordentlich, wie sie es noch nirgendwo anders gesehen hatten. Paul dachte an sein eigenes Zimmer und welches Chaos dort war. Das hier war die perfekte Ordnung.

„Lenart ist der Zeugwart unseres Stammes. Das hier ist das Lager. Und Lenart ist verantwortlich dafür."

Lenart schaute sich die Waldfüchse genau an: „Scheinen ja ganz normal zu sein, die Neuen. Aber eines sag ich euch, wenn ihr die Regale anfasst und auch nur die kleinste Unordnung hineinbringt, dann könnt ihr Füchse gleich wieder im Wald verschwinden."

Dann grinste er ein wenig schief und die Waldfüchse grinsten zurück. Auch ein wenig schief.

„Ich erklär's euch."

Er winkte und die Waldfüchse folgten ihm zu den Regalen. „Hier sind die Jurten in den großen Säcken. Hier die Gruppenzelte. Hier sind die Bodenhaken, hier die Geräte, wie Äxte, Schaufeln, Messer. Hier Taschenlampen, Seile und andere Materialien. Dort drüben befinden sich Spielsachen wie Bälle, Netze, Pfeilbögen und Pfeile. Hier haben wir die Wassersachen: Schlauchboot, Paddel, Rettungswesten. Und hier sind die Wimpel, Fahnen und hier die Pfadfinderhemden und Aufnäher. Führung beendet. Ich muss arbeiten. Tschüss!"

„Danke, Lenart", sagte Tom und Lena machte den Waldfüchsen ein Zeichen. Alle bedankten sich bei Lenart und verließen den Lagerraum. Kaum waren sie draußen, hörten sie, wie der Schlüssel sich im Schloss drehte. Lenart hatte sich eingeschlossen.

„Tom, wir hätten ihn echt fragen sollen", sagte Lena.

„Stimmt", antwortete Tom. „Aber es ist der einzige Raum ohne Fenster und ich wollte eine richtige Nacht. Er hat sich ja wieder beruhigt. Ihr müsst wissen, Waldfüchse, Lenart ist der beste Zeugwart, den man sich vorstellen kann. Ihr habt ja gesehen, was für eine tolle Ordnung er hat. Er hat sich sogar ein eigenes System ausgedacht, wie die ganzen Sachen zu lagern sind. Er weiß sofort, wo sich was befindet. Ihr hättet mal sehen sollen, was für ein Chaos das vorher war."

Lena lachte: „Wir sind einmal im Zeltlager angekommen und haben da erst gemerkt, dass wir die Stangen für das Zelt vergessen hatten! Jetzt ist das alles anders. Wir sind perfekt ausgerüstet."

„Wir haben sogar zwei Ersatzbodenhaken für jedes Zelt! Dank Lenart!"

Lena wurde ernst: „Lenart ist toll, aber er ist ein bisschen eigen. Er hat eine Krankheit, aber eigentlich ist es keine richtige Krankheit, eher so eine Besonderheit."

„Und bei Lenart ist es eben so, dass er Unordnung hasst. Er hält das nicht aus. Deswegen schafft er Ordnung. Und wie!"

Langsam verstanden die Waldfüchse. Paul sagte: „Darf ich Lenart zu mir einladen, wenn meine Eltern nerven, dass ich mein Zimmer aufräumen soll?"

Lena nickte und sagte: „Gute Idee! Aber die Warteliste ist schon sehr lange. Nächstes Jahr kommst du dran. Vielleicht!"

„Lenart ist schwer in Ordnung. Das werdet ihr schon noch merken, wenn ihr euch ein bisschen kennenlernt."

Wieder wurde der Schlüssel umgedreht. Lenart kam auf die Waldfüchse zu. Er hatte einen weißen Handschuh über seine rechte Hand gezogen, stellte sich vor die Waldfüchse und schüttelte jedem die Hand, wobei er jedesmal sagte: „Angenehm, Lenart – wer bist du?“

Und ganz zum Schluss stellte er sich neben Lena und Tom: „Ich mag die Waldfüchse. Von mir aus können sie bleiben. Ich mach erst mal vier Mal bei denen mit. Das ist meine Probezeit. Wenn es mir dann noch gefällt mit ihnen, werde ich auch ein Waldfuchs.“

Die Waldfüchse warfen sich Blicke zu. Hallo, dachten sie, werden wir auch gefragt, oder was? Andererseits, jemand, der aufräumt, das ist auch nicht verkehrt, oder was meinst du?

Neue Aufgaben

„Bevor wir für heute aufhören, möchten euch Lena und ich noch etwas sagen“, begann Tom, als sie alle wieder im Gemeinschaftsraum saßen.

„Also, wir freuen uns, dass ihr zu uns in den Stamm kommen wollt. Und wir wollten euch fragen, ob ihr das nach dieser Stunde auch wollt?“, fuhr Lena fort.

Wie aus einem Mund riefen die Waldfüchse: „Klaro!“

Lena und Tom mussten lächeln.

„Dann ist das ja geklärt“, sagte Lena und man merkte, dass sie sich freute.

„Jetzt müssen wir nur noch ein paar Aufgaben verteilen, dann sind wir fast am Ende unserer ersten Stunde.“

„Erstens“, sagte Tom, „wir haben einmal im Monat einen kleinen Artikel über die Pfadfinder in unserem Gemeindeblatt. Will das jemand von euch machen? Einen Artikel schreiben, wie ein richtiger Journalist?“

„Das muss unbedingt Paul machen“, rief Tine ganz aufgeregt. „Der hat nämlich ziemlich viel Fanatsie!“

„Ich mach das nur, wenn du mir hilfst“, antwortete Paul nach einigem Zögern.

„Natürlich helfe ich dir, der Artikel soll ja gut werden“, sagte Tine ganz ernst. Die anderen grinsten und Paul ärgerte sich. Als ob er Tine brauchen würde für ein paar Zeilen. Er war der Beste in seiner Klasse in Deutsch, also bitte!

„Lenart ist unser Zeugwart“, erklärte Lena.

„Und das werde ich auch bleiben“, fiel Lenart ihr ins Wort.

„Das ist ja klar, Lenart, du bist unser Zeugwart und du bleibst das auch!“

„Es kann gelegentlich vorkommen, dass Lena und ich nicht zur Gruppenstunde kommen können. Deshalb brauchen wir jemanden, der dann die Leitung übernimmt.“ Tom sah die Waldfüchse fragend an.

„Das macht Rico!“, riefen die Zwillinge und die anderen nickten zustimmend.

Rico wurde ganz verlegen, aber nachdem ihn Paul angestupst hatte, sagte er: „Ja, natürlich mach ich's. Ich freu mich drauf!“

Und alle freuten sich mit Rico. Rico wusste schon so viel über die Pfadfinder, er war der Richtige, ohne Zweifel. Dass manchmal seine Kanus untergehen, das verraten wir Lena und Tom aber nicht. Versprochen?

„Was machen wir?“, fragten Sunshine und Summer. Sie wackelten ungeduldig mit dem Kopf. „Wir wollen auch eine wichtige Aufgabe!“

„Keine Sorge, die bekommt ihr!“ Lena hatte sich wirklich Gedanken gemacht und sich für jeden etwas ganz Besonderes ausgedacht.

„Ihr zwei habt doch schon ein wenig Erfahrung mit Zirkus und Theater, oder?“

„Was heißt da ein wenig Erfahrung?“, hörte sich Paul rufen. Er war ganz aufgeregt: „Sunshine und Summer sind die absoluten Profis. Die könnten in jedem Zirkus dieser Welt auftreten. Du hast ja gesehen, wie sie sich verknotet haben.

Und du solltest mal sehen, wie die auf Bäume klettern können und sie können Rad schlagen und auf einem Ball jonglieren und Saltos können die und so durch die Luft fliegen, dass sogar ein Elefant unter ihnen durch passen würde oder eine Giraffe."

Paul verstummte plötzlich. Da war sie wieder, die Fantasie! Das hörte einfach nicht auf.

„Elefanten gibt es bei uns ja eher wenig", sagte Lena nach einer Weile. „Aber es ist toll, wenn ihr Kunststücke beherrscht. Wir haben nämlich etwas vor. An Pfingsten fahren wir mit dem ganzen Stamm in ein Zeltlager. Und ihr kommt natürlich mit. Wenn ihr wollt!"

Mit großen Augen starrten die Waldfüchse Lena an. Die Waldfüchse fahren in ein Pfadfinder-Zeltlager!

„Jaaaaaaaaaaaaaaa!", schrien sie, und dieses Ja klang ungefähr eine Stunde lang durch den Gemeinderaum, so laut war es. Holla, die Waldfee!

Nur Said schaute traurig zu Boden.

„Was ist denn los, Said?", fragte Tom.

„Weiß nicht", antwortete Said. „Zeltlager kostet doch Geld. Wir nicht im Geld baden im Moment. Ich darf nicht mit. Kein Geld. Ganz sicher."

„Mach dir keine Sorgen, Said. Das wollte ich doch gerade sagen. Damit alle mitfahren können, werden wir einen bunten Abend veranstalten. Wir verkaufen auch Kuchen und es gibt Grillwürstchen und Bier für die Großen. Da verdienen wir richtig viel Geld und das reicht dann garantiert, dass alle mitkommen können. Außerdem stellen wir Spendendosen auf. Ist das eine gute Idee?"

„Jaaaaaaaaaaaa“, ertönte es schon wieder. Und diesmal dauerte der Schrei garantiert zwei Stunden, bis er verklang. Am lautesten hatte Said geschrien und Tom beschloss, den Waldfüchsen heute keine Frage mehr zu stellen, die mit Ja beantwortet werden konnte.

„Aber dafür brauchen wir ein ganz besonderes Programm. Das könnt ihr euch ausdenken. Natürlich machen auch die anderen Sippen des Stammes mit. Die lernt ihr dann auch kennen. Alle sind schon ganz neugierig auf euch!“

„Richtig so, wir sind die Besten“, sagte Tine und nickte wichtig mit dem Kopf

„Das könnt ihr dann ja am bunten Abend beweisen, Tine“, lachte Lena. „Aber ich bin sicher, das wird euch mühelos gelingen.“

„Ihr habt ungefähr zehn Minuten, um eure Sippe zu präsentieren. Denkt euch etwas aus!“

„Was soll es denn sein?“, fragte Rico und runzelte die Stirn. Paul schüttelte den Kopf: „Ganz schön schwierig, wenn du mich fragst.“

Sunshine und Summer aber sagten: „Dich fragt ja auch keiner! Wir haben da schon eine Idee. Die verraten wir aber Tom und Lena nicht. Das wird eine Überraschung!“

„Da bin ich aber gespannt“, sagte Lena.

„Und ich erst.“ Tom schaute die Waldfüchse aufmunternd an. „Ich glaube, damit sind wir am Ende unserer ersten Gruppenstunde. Danke schön, es hat Spaß gemacht mit euch!“

„Wir sind noch nicht fertig“, sagte plötzlich Lenart. „Said hat noch keine Aufgabe.“

„Stimmt“, antwortete Lena. „Hast du eine Idee, Said, was deine Aufgabe sein könnte?“

Said überlegte und überlegte, dann schüttelte er den Kopf.

„Aber ich weiß es“, antwortete Summer. „Und ich weiß es erst recht“, fiel Sunshine ihrer Schwester ins Wort und gemeinsam sagten sie: „Said wird unser Musiker! Er kann prima trommeln. Und Tom, du bringst Said Gitarrespielen bei.“

„Ukulele“, unterbrach ihn Lenart. „Gitarre kann jeder, aber Ukulele, das ist etwas für richtige Könner!“

„Was ist Ukulele?“, fragte Said leicht verunsichert.

„Das ist eine kleine Gitarre. Sieht aus, wie eine Gitarre, klingt fast wie eine Gitarre, ist aber sehr klein. Genau richtig für Said! Said hat feine Finger. Ich spiele auch Ukulele und ich bring es ihm bei!“, antwortete Lenart.

Tom und Lena waren erstaunt. Dass Lenart Ukulele spielen konnte, hatten sie nicht gewusst. Aber Lenart ist immer für eine Überraschung gut. Holla, die Waldfee!

„Ich habe aber kein Ukulele“, seufzte Said. „Kann keine Ukulele kaufen, nicht Geld.“

„Das musst du auch nicht, weil ich eine Ukulele habe. Ich bin der Zeugwart und ein richtiger Pfadfinderzeugwart hat auch Ukulelen. Das ist doch klar ...“

„... wie Brühklose!“

Rico wollte Said gerade korrigieren, aber Lenart lachte: „Genau, klar wie Brühklose. Was für ein schönes Wort! Hast du das erfunden, Said?“

Said wurde ganz verlegen: „Naja, eigentlich nicht erfunden, es ist einfach passiert!“

„Wie toll! Ich würde mich so freuen, wenn mir auch mal etwas passieren würde. Aber bei mir ist alles immer festgelegt. Werde sonst sehr nervös!“, sagte Lenart traurig.

„Und ich werd immer nervös, wenn Wörter verrutschen“, gestand Said.

Ich werd immer nervös, wenn meine „Fanatsie“ zuschlägt, dachte Paul. Aber er dachte auch, wie schön es war, dass sich Said und Lenart offensichtlich mochten und auch die Mädchen hatten das bemerkt und nickten Paul zu. Nur Rico hatte noch seinen zweifelnden Blick. Aber den hatte er ja ganz oft, stimmt's?

„Für heute müsst ihr euch aber noch meine Gitarre anhören. Ich hab ein neues Lied, das ihr bestimmt noch nicht kennt. Das bring ich euch bei. Es heißt: ‚Ein Freund, ein guter Freund'.“

Er sang es ihnen vor und weil es ein einfaches Lied war, sangen alle laut und schmetternd:

„Ein Freund, ein guter Freund,
das ist das Beste, was es gibt auf der Welt.
Ein Freund bleibt immer Freund,
auch wenn die ganze Welt zusammenfällt.“

Paul fand, dass Tom die Lieder gut ausgesucht hatte. Auch dieses Lied war ganz richtig.

Ganz ehrlich, was gibt es Besseres als einen Freund!

Die Waldfüchse waren Freunde, das wusste Paul. Und wer weiß, vielleicht werden Lena, Lenart und Tom auch richtige Waldfuchsfreunde. Was meinst du?

Proben

Zwei Tage später saßen die Waldfüchse in ihrem Trauerweidenversteck. Draußen nieselte es, aber hier unter den Blättern des Baums war es gemütlich.

Sunshine und Summer hatten eingeladen, ihre Oma hatte leckere Muffins gemacht, und, ob du es glaubst oder nicht, auf jedes Muffin hatte sie mit Puderzucker eine Pfadfinderlilie gestreut.

Omas sind toll!, dachte Paul und schämte sich ein wenig, weil er seine Oma so selten sah. Er nahm sich vor, sie am nächsten Wochenende zu besuchen. Sie freute sich immer so sehr, wenn er bei ihr war. Außerdem war sie eine grandiose Fotografin. Paul wusste zwar nicht so genau, was grandios ist. Aber seine Mutter sagte immer zu Oma: „Deine Fotos sind grandios! Du solltest wirklich mal wieder eine Ausstellung machen! Es ist so schade, dass du das aufgegeben hast!"

Deshalb dachte Paul, dass „grandios" etwas ganz Besonderes sein musste. Weil, wenn etwas nicht besonders ist, dann muss man es auch nicht ausstellen. Das ist doch logisch!

„Paul, wie findest du die Idee?", fragte Summer.

Paul schreckte hoch: „Welche Idee?"

„Na, toll. Das fängt ja gut an!", schimpfte Tine. „Mein Herr Bruder träumt mal wieder!"

„Das ist nicht schlimm“, antwortete Lenart. „Manchmal leben Menschen in ihren eigenen Welten!“

Paul dachte, dass Lenart manchmal redete wie ein Erwachsener. Aber er hatte recht! Dass Paul und Paulzwei eine geheime Telepathieleitung hatten, das wusste auch niemand. Das war die Welt, die nur Paul und Paulzwei gehörte.

Rico sagte: „Die Idee für den bunten Abend!“

„Finde ich ganz toll! Aber wie war diese Idee nochmal?“, antwortete Paul und tat so, als wäre das das normalste von der Welt.

„Dann fangen wir eben nochmal von vorne an!“, seufzte Summer und Sunshine verdrehte die Augen: „Wir haben uns überlegt, dass wir ein Theaterstück machen. Wir könnten dem Publikum zeigen, wie ihr Jungs uns verfolgt habt und wir euch abgehängt haben. Damit könnten wir zeigen, wie gut wir schon Pfadfindertechniken beherrschen und das Publikum sieht, was Pfadfinder so alles können."

Paul schüttelte den Kopf: „Wie stehen wir Jungs denn dann da? Da denken doch alle, wir Jungs sind nur Idioten!"

Rico pflichtete ihm bei: „Paul hat recht, das geht so auf keinen Fall!"

Tine wurde sauer: „Gerade hat dir die Idee noch gefallen! Nur weil Paul sie jetzt doof findet, gefällt sie dir auch nicht mehr!"

„Stimmt, ich habe nämlich kapiert, dass ihr uns austricksen wollt!"

Sunshine fragte Said: „Was hältst du von dem Plan?"

„Nicht so zufrieden. Erstens: keine Ukulelemusik dabei. Zweitens: Lenart nicht mit von Partei!"

„Partie, Said", korrigierte Rico ihn. „Das heißt: mit von der *Partie*!"

„Trotzdem Lenart nicht mit dabei", sagte Said noch einmal.

„Stimmt", lenkten Sunshine und Summer ein. „Das stimmt. Hat jemand eine andere Idee?"

Alle schüttelten den Kopf.

„Was machen denn die anderen Sippen?", fragte Rico schließlich.

Lenart hob den Arm wie in der Schule: „Ich weiß es. Die Schwalben machen ein Kuchenbuffet. Damit machen sie es sich ganz leicht. Sie fragen ihre Eltern, ob die Kuchen backen können und den verkaufen sie dann. Die Füchse singen Pfadfinderlieder mit dem Publikum und die Wölfe machen ein Quiz!"

„Was denn für ein Quiz?", fragte Rico.

„So, wie im Fernsehen", fuhr Lenart fort. „Nur andersherum. Im Fernsehen ist es so: Wenn du eine Frage richtig beantwortest, bekommst du Geld. Und hier ist es so. Du kommst auf die Bühne und du hast zehn Euro dabei. Dann stellen dir die Wölfe eine Frage. Wenn du sie nicht richtig beantworten kannst, fliegst du raus und musst die zehn Euro da lassen. Wenn du aber die Frage richtig hast, dann bekommst du einen Euro zurück."

„Das ist ganz schön schlau", sagte Rico bewundernd. „Wenn du alle zehn Fragen richtig beantwortest, musst du nichts bezahlen, wenn du zum Beispiel nur zweimal die Antwort kennst, dann musst du acht Euro bezahlen!"

„Und was soll daran bitte schön schlau sein?", fragte Tine schnippisch. „Wenn du einen klugen Menschen auf der Bühne hast, wie zum Beispiel meinen Papa, dann verdienst du nämlich überhaupt nichts, weil mein Papa kann alle Fragen der Welt erraten!"

Rico hatte darauf keine Antwort und er schüttelte nur den Kopf. Aber Lenart half ihm: „Frau Neunmalklug, das ist doch ganz klar. Die Wölfe werden so schwere Fragen stellen, dass nicht einmal dein Papa sie beantworten kann. Kein Mensch auf der Welt kann alle Frage beantworten, nicht einmal dein Papa! Oder weiß er etwa, wo du dein Süßigkeitenversteck hast?"

Tine schaute Lenart seltsam an. Woher wusste er, dass sie in der Tat ihre Schokolade versteckte und manchmal heimlich davon naschte?

Paul dachte, dass Lenart ganz schön schlau war, weil fast jedes Kind ein kleines Versteck hat. Du doch auch, oder?

Aber eine Idee hatten sie immer noch nicht.

Rico wurde ungeduldig: „Strengt euch bitte an. Es geht darum, dass Said ins Zeltlager mitfahren darf. Das kann doch nicht so schwer sein, irgendeinen blöden Einfall zu haben. Sag doch du, Paul. Du hast doch sonst auch immer so viel Fanatsie!"

Aber woher sollte Paul eine Idee haben, wenn die anderen auch keine hatten?

„Pfadfinder bauen doch gerne. Lagerbauten und so Sachen. Vielleicht könnten wir so etwas machen?", schlug Sunshine vor.

„Haha, sehr witzig", fuhr Rico sie an. „Wie willst du in das Gemeindezentrum einen Turm bauen?"

„Die Wildgänse machen so etwas Ähnliches", sagte Lenart. „Die haben einen Holzbalken aus ganz hartem Holz. Da schlagen sie dann dicke Nägel hinein, aber nur ein kleines bisschen. Wer mag, kann die Nägel dann mit einem Hammer ganz in das Holz schlagen. Und wer die wenigsten Schläge braucht, der hat gewonnen."

Lenart schaute plötzlich ganz unglücklich.

„Was ist los, Lenart", fragte Said vorsichtig. „Ist dir Ameise über die Leber gelaufen?"

„Laus, das heißt Laus!", korrigierte Rico. „Das muss aber eine ganz schön große Laus gewesen sein."

„Nichts, schon gut", antwortete Lenart. „Die Wildgänse sind nur manchmal gemein. Die wollen mich immer ärgern. Dann schleichen sie sich ins Lager und vertauschen die Sachen. Die wissen, dass ich dann sehr, sehr nervös werde und das gefällt ihnen."

„Ganz schön gemein die Wildgänse“, sagte Paul. „Keine Sorge, ab jetzt verteidigen wir dich!“

„Das sagst du so einfach, Paul, aber die Wildgänse sind ganz schön stark und groß. Die gewinnen auch jedes Mal im Zeltlager alle Wettbewerbe.“

„Das wollen wir doch mal sehen“, rief Summer. „Die kennen uns Waldfüchse noch nicht! Ab jetzt sind wir die Champions! Wer sind die Champions?“

„Die Waldfüchse!“, schrien alle so laut, dass Oma Hilde den Kopf aus dem Fenster steckte und besorgt fragte, ob alles in Ordnung sei.

Alle lachten und wurden schnell wieder ernst. Eine Idee hatten sie immer noch nicht. Dabei wollten sie doch so viel Geld verdienen, dass Said auf alle Fälle mitfahren konnte.

Da knackste es mit einem Mal in der Telepathieleitung: Paulzwei!

„Ich habe mir das Ganze schon eine Weile angehört, Paul, aber so kommt ihr nicht weiter. Deswegen schenke ich dir jetzt diese Idee.“

Paul hörte fasziniert zu und sprach jedes Wort laut aus, das Paulzwei ihm vorsagte:

„Es ist doch ganz einfach, natürlich habe ich eine Idee. Es ist die vielleicht beste Idee aller Zeiten. Zumindest die beste Idee, seit es bunte Abende gibt! Wir machen ein Theaterstück, aber ohne Worte! Es gibt die ganze Zeit Musik. Said trommelt und Lenart spielt die Ukulele. Ukulele und Trommel, das ist fantastisch! Das klingt fast wie ein Orchester! Jetzt wollt ihr wissen, um was es geht? Ich sage es euch!“

Paul konnte nicht glauben, was er da gerade redete. Sagte ihm Paulzwei das alles vor oder kamen die Worte aus ihm selbst? Und warum redete er in einer so seltsamen Sprache?

„Wir werden unseren geheimen Ausflug nachspielen. Das ist spannend, das ist dramatisch und wir sind die Helden! Ist das nicht eine Weltsensation, meine Idee?“

Fertig! Erwartungsvoll schaute er in die Runde. Aber niemand schaute zurück. Alle blickten auf den Boden oder in die Baumkrone.

„Spitzenidee!“, sagte schließlich Rico und stand auf. „Vergessen wir’s! Vielleicht fällt uns morgen etwas ein. Unseren geheimen Ausflug nachspielen? Was für ein Schwachsinn!“

Er winkte ab und wollte gehen, als Said begann, auf den Tisch zu trommeln. Ganz leise und mit den Fingerspitzen. Es hörte sich an wie Regentropfen. Summer machte Windgeräusche mit ihrem Mund und Lenart schnappte sich seine Ukulele und spielte einzelne hohe Töne darauf. Das klang, als würde ein Tier schreien. Gruselig war das. Tine merkte, wie sie eine Gänsehaut bekam und sie begann vorsichtig um den Tisch zu schleichen. Es war, als würde sie im Schlamm waten. Sunshine machte komische, fließende Bewegungen mit den Armen, erst ganz knapp über dem Boden und dann immer höher. Es sah aus, als würde Wasser zu Hochwasser werden. Genau wie damals. Said trommelte jetzt schneller und lauter. Das hörte sich gefährlich an. Paul kletterte auf den Tisch und kauerte sich zusammen. Der Wind wurde zum Sturm, Tine kam zu ihm gekrochen und kuschelte sich an ihren Bruder. Das Wasser grapschte nach den Füßen von Tine. Rico stand mit offenem Mund vor den anderen und konnte kaum glauben, was er da sah: ihren geheimen Ausflug als Theaterstück und es war ganz echt, obwohl es ganz anders war. Und dann hörten die Waldfüchse mitten im Sturm und im Hochwasser, gefangen auf dem Tisch diese Stimme:

„Kinder, es gibt Eis!“ Paul fiel vom Tisch, Tine fiel mit, der Sturm brach ab und wurde ein laues Lüftchen, das Wasser zog sich wieder ins Bachbett zurück, der Regen hörte auf, die wilden Tiere waren plötzlich eine Ukulele und Rico machte seinen Mund wieder zu.

Oma Hilde war mit einem Tablett und einer Riesenportion Eis für alle unter die Trauerweide gekommen.

„Alles in Ordnung?“, fragte sie und schaute in die Runde. „Ihr seid so still!“

„Ja, alles prima“, sagte Sunshine und zwinkerte in die Runde. „Wir hatten nur eine klitzekleine Idee.“

Paul aber war stolz! Es war seine Idee und sie war grandios!

Es knackste in der Telepathieleitung und Paul hörte noch, wie Paulzwei lachte: „Natürlich war es deine Idee!“

Der Ausflug

Ricos Papa hatte die Kinder zu einem Fahrradausflug eingeladen. Er wollte einen alten Freund besuchen und fragte die Waldfüchse, ob sie mitkommen wollten. Der Freund hatte einen kleinen Bauernhof mit einigen Tieren und das wollten sich die Waldfüchse nicht entgehen lassen.

„Papa, dürfen wir ein Lagerfeuer machen?“, fragte Rico ganz aufgeregt. „Ich kann das Holz nämlich auch ohne Feuerzeug anzünden.“

Ricos Papa versprach es ihm.

„Dann machen wir Stockbrot“, rief Sunshine. „Oma Hilde macht den Teig für uns!“

„Aber wisst ihr, was das Beste ist?“, fragte Ricos Papa.

„Mein Freund, der übrigens Rüdiger heißt, wohnt nicht weit von dem Waldstück weg, auf dem ihr an Pfingsten ins Zeltlager fahrt. Wollt ihr euch diesen Platz schon mal anschauen?“

Und ob die Waldfüchse das wollten. Jetzt galt es nur noch Daumen zu drücken, dass am Sonntag schönes Wetter war und der Ausflug nicht ins Wasser fiel.

Am Sonntagmorgen wurde Paul wach, weil ihn etwas an der Nase kitzelte. Vorsichtig schlug er die Augen auf sah, dass es ein Sonnenstrahl war, der sich in sein Zimmer geschlichen hatte. Hurra, der Ausflug konnte stattfinden!

Sie trafen sich an der Trauerweide. Alle waren pünktlich, nur Lenart fehlte.

„Wo ist denn Lenart?“, fragte Paul. „Nach dem kann man doch sonst immer die Uhr stellen.“

Wenn du wüsstest …!

Lenart war immer der Erste bei den Gruppenstunden. Er war jedesmal so früh da, dass Tom ihm einen Schlüssel gegeben hatte, weil er sonst in der Kälte hätte stehen müssen oder im Regen. Und wer will das schon?

Andererseits wurde Lenart aber richtig sauer, wenn die Waldfüchse zu spät kamen. Dann schimpfte er vor sich, lief ständig zur Tür und schaute hinaus. Wenn dann Sunshine und Summer, denn die beiden waren es, die meistens zu spät kamen, endlich auftauchten, dann tat Lenart so, als wären sie Luft. Er grüßte sie nicht und sprach kein Wort mit ihnen. Aber nur so lange, wie sie zu spät gekommen waren. Wenn sie, sagen wir, fünf Minuten und 34 Sekunden nach Beginn der Gruppenstunde eintrafen, ignorierte er sie genau fünf Minuten und 34 Sekunden. Danach war alles wieder gut.

Deshalb war es seltsam, dass ausgerechnet Lenart nicht da war.

„Wollen wir ihm entgegenfahren?“, fragte Rico, doch genau in diesem Moment bog ein knallrotes Fahrrad um die Ecke. Das heißt, eine Art Fahrrad. Es war vielmehr ein Dreirad. Vorne hatte es ein und hinten zwei Räder. Zwischen den hinteren Rädern war ein Gepäckträger und auf dem Fahrrad saß, na wer wohl? Lenart!

Sunshine und Summer hatten auf die Uhr gesehen und sagten: „Acht Minuten und vier Sekunden! So lange ist Lenart für uns Luft. Das ist unsere Revanche!“

Aber als sie sahen, dass Lenart ganz durcheinander und bleich war, liefen sie gleich zu ihm: „Was ist denn passiert, Lenart? Alles in Ordnung?"

„Geht schon wieder. Ich bin aufgehalten worden. Da waren Kerle. Richtig fies waren die. Ich bin an eurer Schule vorbeigeradelt, da sind sie vor mein Fahrrad gesprungen und haben mich nicht weiterfahren lassen. Sie wollten Geld von mir für eine Straßenmaut. Ich sollte bezahlen, dass ich auf der Straße an ihnen vorbeifahren darf! Könnt ihr euch das vorstellen?"

Ganz klar, dachte Paul. Die Bösen Jungs. Die waren öfters vor ihrer Schule und erpressten Kleinere. Auch die Waldfüchse hatten schon eine unangenehme Begegnung mit ihnen gehabt. Damals wollten sie Said verprügeln, bloß weil der anders aussah! Aber wer will schon aussehen wie die Bösen Jungs mit ihren kurzgeschorenen Haaren? Richtig fies sehen die aus und das gefällt ihnen auch noch!

„Ich habe ihnen dann aber erklärt, dass die Benutzung deutscher Straßen generell frei ist, es sei denn, es handele sich um Lastverkehr. Da haben sie sich angesehen und gemeint, dass ich ja ein Lastverkehr sei, weil mein Fahrrad einen großen Gepäckträger hat. Sagte der eine. Ein anderer sagte, dass ich ein Baby bin, weil ich auf einem Babyfahrrad fahre und deshalb für Windeln zahlen muss."

„Schade, dass wir nicht dabei waren", sagte Rico. „Denen hätten wir es gezeigt!"

Paul war sich da nicht so sicher. Die Bösen Jungs waren ganz schön stark und ganz schön brutal.

„Ich habe dann schon gemerkt, dass es beginnt", fuhr

Lenart leise fort und schaute zu Boden. „Das ist immer so, wenn ich nicht weg kann oder etwas zu nahe kommt, dann … schreie ich!“

„Du hast die Bösen Jungs angeschrien?“, fragte Tine. „Das ist ganz schön mutig von dir!“

„Nein, ich habe sie nicht angeschrien, ich habe geschrien. Das ist nicht schön, für mich nicht und für niemanden. Es ist sehr laut.“

Er machte eine Pause und auch die Waldfüchse blieben still. Sie merkten, dass es Lenart nicht leichtfiel, das zu erzählen.

„Jedenfalls, das Gute daran war, dass die Bösen Jungs das Schreien nicht ausgehalten haben und schließlich weggegangen sind. Es hat ein wenig gedauert, bis ich mich wieder beruhigt habe. Das geht dann nicht so schnell. Deshalb bin ich zu spät. Tut mir leid.“

„Lenart, Lenart“, sagte Tine und versuchte Papas Stimme nachzumachen: „Wenn es dich nicht gäbe, dann müssten man dich erfinden, hohoho!“

Alle lachten und sogar Lenart gelang ein Lächeln.

Dann kam Ricos Papa und los ging’s. Du hättest sehen sollen, wie sie durch den Wald brausten, am Fluss entlang radelten und schließlich ein Wettrennen bis zum Bauernhof machten. Rate mal, wer gewonnen hat? Natürlich Sunshine und Summer. Sie kamen ganz genau gleichzeitig am Bauernhof an. Holla, die Waldfee!

Bauer Rüdiger hatte sie schon erwartet. Er zeigte ihnen den Hof. Tine fand die Kühe am schönsten, nur dass es im Stall stank, das fand sie nicht so gut. Said spielte am liebsten mit Mirko, dem Hofhund. Er warf einen kleinen Ball in die Wiese und Mirko sauste los wie ein Wirbelwind, suchte den Ball und raste zurück zu Said. Einmal konnte er nicht rechtzeitig bremsen und hat Said umgeworfen. Rico und Paul durften eine Runde mit dem Traktor drehen und stell dir vor, sie durften sogar selber fahren. Sunshine und Summer kletterten auf den Obstbäumen herum und irgendwann hingen sie kopfunter von einem Ast und mussten stundenlang irgendwelche wichtigen Dinge besprechen. Lenart saß vor dem Haus auf der Sonnenbank und las ein Buch, das er eingebunden hatte, damit keiner sieht, wie das Buch heißt. „Das geht niemanden etwas an, das ist ein Geheimbuch!"

Und Rico und Rüdiger tranken Kaffee und sprachen über die alten Zeiten.

Schließlich bekamen alle Hunger und wollten Stockbrot essen. Sie liefen in den Wald und suchten trockene Äste und Rüdiger schenkte ihnen Holzscheite. Rico wollte unbedingt das Lagerfeuer ohne Streichhölzer anzünden.

„Wir machen es wie die Pfadfinder!", befahl er.

„Also mit Feuerzeug!", antwortete Summer.

„Nein, mit Holz. Du musst nur einen harten Holzstab so lange auf einem weichen Holz hin- und herdrehen, bis Glut entsteht. Wenn du trockenes Gras oder ganz dünne Holzspäne in die Glut hältst, bekommst du ein prima Feuer."

„Das kommt durch die Reibung", ergänzte Lenart. „Klappt aber nie."

„Von wegen", antwortete Rico und schnappte sich einen kleinen Stock.

Die anderen sahen Rico zu. Der drehte und rieb den Stab, bis ihm der Schweiß ausbrach. Aber kein Fünkchen war zu sehen. Schließlich warf Rico das Holz in hohen Bogen weg und sagte beleidigt: „Das ist das falsche Holz." Und entzündete mit einem Streichholz das Lagerfeuer.

„Das war ganz klar das falsche Holz. Ich glaube sogar, es war ein wenig feucht. Da kann es ja nicht klappen. Das nächste Mal funktioniert es ganz sicher." So trösteten die Waldfüchse ihren Freund. Nur Lenart schüttelte den Kopf. Aber das Stockbrot aß er genauso gerne wie die anderen auch. Am meisten Hunger hatte Rico, aber der hatte sich ja auch am meisten angestrengt.

Der Zeltlagerplatz

Nach dem Essen lagen alle faul in der Wiese, als Rüdiger und Ricos Papa ankamen: „Sagt mal, Kinder, ich habe gehört, ihr macht ein Zeltlager auf der Fellner-Wiese. Wisst ihr eigentlich, dass die nur ein paar Kilometer von hier entfernt ist? Wollt ihr sie schon mal anschauen?"

Und ob die Waldfüchse sich die Zeltlagerwiese anschauen wollten!

Schnell sprangen sie auf ihre Fahrräder, ließen sich gerade noch den Weg erklären und hörten noch, wie Ricos Papa rief: „Aber um fünf seid ihr wieder hier!" Dann hatte sie der Wald verschluckt.

Schon zwanzig Minuten später kamen sie auf eine breitere Straße und einige hundert Meter weiter sahen sie ein Schild:

„Fellner-Wiese. Privatgrundstück".

Sie mussten nur noch links abbiegen, einen Feldweg entlangfahren, dann endete der Wald und sie hatten ihren Zeltlagerplatz erreicht. Er war fast kreisrund und von Bäumen umgeben. Neben ihnen standen einige kleine Hütten. Rico zeigte auf sie:

„Hier kommt die Küche hin, was wollen wir wetten?"

Aber niemand hatte Lust, gegen ihn zu wetten, weil, das konnte ja gut sein, dass er recht hatte. Zweitens hatte Rico meistens recht und drittens waren alle zu sehr außer Atem. Sie waren eindeutig zu schnell geradelt.

Sie waren sich alle einig, dass das ein hervorragender Zeltplatz war und ihre Vorfreude wurde riesengroß.

Paul sah sich um und fragte keuchend. „Irgendwas stimmt nicht!"

„Was soll denn nicht stimmen?"

„Es ist so ruhig, hörst du das nicht, Summer?"

Alle lauschten. Ja, es war ruhig. Aber es war auf eine schöne Art ruhig. Es war ruhig, aber nicht still. Vögel waren zu hören, das Rauschen des Waldes, das Summen von Bienen, irgendwo bellte in der Ferne ein Hund, da, ein Kuckuck. Aber keine Autogeräusche, keine Automotoren, keine Musik, kein Lärm, kein Geschrei.

„Das ist es", sagte Paul. „Es ist zu ruhig. Irgendetwas fehlt!"

Jetzt merkten es auch die anderen. Es war anders als sonst. Sie schauten sich an.

Dann wusste es Paul!

„Es fehlt Geschrei. Wo ist Tine?", sagte er und blickte hektisch herum.

Wirklich, Tine war nicht da. Deshalb war es so still. Neunmalnerv, die keine zwei Sekunden ruhig sein konnte, war weg!

Paul erschrak. Er war der große Bruder, er war für sie verantwortlich. Er war schuld, dass sie weg war.

Und auch die anderen sahen sich ängstlich um.

Gerade wollte Paul sagen, dass sie Tine suchen müssen.

Da legte Said einen Zeigefinger an den Mund: „Hören!"

Ein seltsames Geräusch kam aus der Ferne näher. Ein merkwürdiges Quietschen und ein Klang, der sich wie ein

Rauschen anhörte! Was konnte das sein? Dann kam ein Fahrrad um die Kurve. Tine! Das Quietschen war das Hinterrad, das Paul schon längst hätte reparieren sollen und das Rauschen war eine Tine, die keuchend in die Pedale trat und dabei immer nur und ohne Pause vor sich hinmurmelte: „Wenn ich euch erwische, dann.... wenn ich euch erwische, dann ...!“

Schließlich erreichte sie die übrigen Waldfüchse, murmelte immer noch weiter und fiel erschöpft vom Rad.

„Tine, ich bin so froh, dass du hier bist. Wir haben uns solche Sorgen gemacht“, sagte Sunshine und Paul ergänzte: „Wo warst du denn die ganze Zeit?“

Tine sagte nichts, lag am Boden und hatte die Augen geschlossen. War sie eingeschlafen?

Was dann passierte, das hättest du sehen müssen, weil: du glaubst es nicht! Tine sprang auf, funkelte die Waldfüchse wütend an. Paul sah sogar scharfe Messer aus ihren Augen auf ihn zufliegen und so duckte er sich schnell weg.

„Ich glaub, ich spinne, das kann doch wohl nicht wahr sein, das ist das Schlimmste, was ich jemals erlebt habe und ich bin schon sieben Jahre alt und werde bald acht!“, so brach es aus ihr heraus. „Ihr saust mit euren großen Fahrrädern weg und ich mit meinem kleinen Fahrrad ... Hallo, ihr habt mich einfach vergessen! Mich! Tine! Und keiner, nicht ein einziger hat sich nach mir umgedreht! Ist euch eigentlich klar, was mit euch passiert, wenn ich das euren Eltern erzähle, vor allem unseren Eltern, mein lieber Paul, weißt du, was dann los ist? Eine Woche Pfadfinderverbot, mindestens! Aber ich geb euch eine Chance, dass ihr das wiedergutmacht! Eine einzige. Ich bekomme von jedem von euch ein Eis mit zwei Kugeln und ein Eis mit vier Kugeln von dir, Paul! Verstanden!"

Die Waldfüchse sahen sich an. Kannst du dir vorstellen, wie froh sie waren, dass Tine wieder da war.

Rico sagte: „Habt ihr es bemerkt? Es ist wieder wie immer. Egal, ob wir in der Stadt sind oder im Wald, es neunmalnervt wieder!"

Und darüber sind wir alle froh!, dachte Paul und stimmte in das große laute Lachen ein. Am lautesten lachte Tine, aber das war ja klar. Paul drückte Tine ganz fest an sich und sie schmiegte sich an ihn. Holla, die Waldfee, das war noch einmal gut gegangen!

„Da drüben ist ein Bach", sagte Lenart und deutete auf den linken Rand der Wiese.

„Da bauen wir unser Zelt auf", beschloss Paul.

„Sicher nicht", sagte Rico. „Wenn Hochwasser kommt, dann läuft es voll. Ich bin dafür, wir zelten am anderen Ende der Wiese. Hier beginnt die Straße, da kommen dann die Anlieferungen oder Besuch, aber dort drüben haben wir die meiste Ruhe und den besten Überblick."

„Gute Idee", lobte Lenart. „Hätte ich genau so gemacht!"

Said nickte.

Den Mädchen war das völlig egal. Sie waren schon losgelaufen, um die Wiese zu erkunden. Aufgeregt winkten sie die Jungs zu sich. In der Mitte der Wiese war ein großer grauer Fleck.

„Was ist das?", fragte Tine.

„Das ist eine Feuerstelle. Hier hat jemand Feuer gemacht. Seht ihr, das ist verbranntes Gras", erklärte Rico. „Wenn du mich fragst, ist das noch nicht so lange her, dass hier ein Feuer gebrannt hat."

„Vielleicht war hier schon ein anderes Pfadfinderlager gewesen?", warf Paul ein.

Lenart schüttelte den Kopf: „Glaub ich nicht, das ist zu früh im Jahr."

„Wer weiß, vielleicht waren es ja Jäger, damit ihnen warm wird?", vermutete Sunshine.

„Jäger machen doch kein Feuer, damit vertreiben sie doch die Tiere, die sie jagen wollen. Also wirklich, Sunshine!", stöhnte Lenart. Er konnte es nicht leiden, wenn jemand unlogisch war.

„Schaut mal, da hinten ist ein großer Schuppen. Ob der auch noch zur Fellner-Wiese gehört?", fragte Summer.

„Keine Ahnung, aber wir werden es herausfinden", sagte Rico und lief los.

Der Schuppen lag hinter hohen Hecken versteckt. Ein dichter Maschendrahtzaun verhinderte das Näherkommen. Er war aus dunklem Holz gebaut und schon sehr alt. Er sah aus, als ob er schon vor langer Zeit verlassen worden war. Seltsam war nur, dass die Türen neu waren und mit dicken Schlössern und Ketten gesichert waren. Was wohl in dem Schuppen war? Das roch nach einem Abenteuer!

„Kommt, wir klettern drüber", flüsterte Summer. Aber Said hielt sie zurück: „Nicht gute Idee. Kein gutes Gefühl im Bauch."

„Angsthase! Was soll schon passieren. Hier ist doch niemand!", lachte Sunshine und schon begannen die beiden Mädchen, den Zaun hochzuklettern.

Paul hatte ein mulmiges Gefühl. Einfach so auf einem fremden Grundstück herumlaufen. War das nicht verboten? Andererseits war es aber auch spannend.

Plötzlich schoss ein riesiger Hund um die Ecke des Schuppens und mit lautem Bellen schoss er auf den Zaun zu. Erschrocken sprangen Sunshine und Summer vom Zaun. Der Hund war schrecklich. Er sah aus wie ein Schäferhund, war aber ganz schwarz. Schwarz wie die dunkelste Nacht, die du dir vorstellen kannst! Und Zähne hatte er! Scharf wie Messer. Er lief bellend und knurrend am Zaun entlang. Wer weiß, was passiert wäre, wenn Sunshine und Summer über den Zaun geklettert wären.

„Da haben wir aber Glück gehabt", seufzte Summer.

Rico versuchte, den Hund zu beruhigen. „Braver Hund, ist ja gut. Wir tun dir nichts. Gaaaaaanz ruhig!"

Aber der Hund dachte überhaupt nicht daran, sich zu beruhigen. Wütend sprang er am Zaun hoch und bellte Rico an.

Said und Lenart waren vor Schreck in die Mitte der Wiese gelaufen und winkten den anderen zu, dass sie kommen sollten.

„Was ist hier los? Was macht ihr hier", hörten sie mit einem Mal eine Stimme und ein dicker Mann kam um die Ecke. „Rex, hierher, Rex!"

Sofort verstummte der Hund und lief gehorsam zu dem Mann.

„Das hier ist ein Privatgrundstück, ihr habt hier nichts verloren. Verschwindet sofort oder ihr bekommt richtig Ärger!"

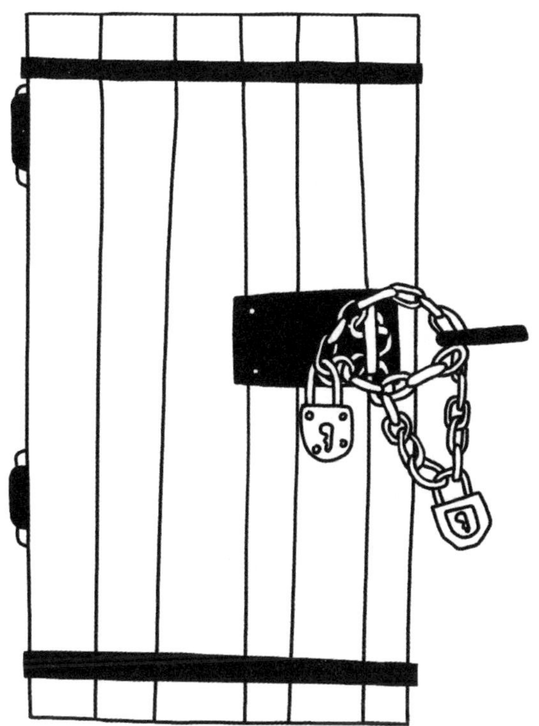

„Entschuldigung“, sagte Sunshine und lächelte ihr freundlichstes Lächeln. Doch der Mann ließ sich nicht erweichen: „Seid ihr immer noch da? Verschwindet!“

Rex begann bedrohlich zu knurren.

„Tut uns leid“, sagte Rico. „Wir sind Pfadfinder und haben hier auf der Wiese ein Zeltlager. Wir wollten einfach nur schon mal den Platz erkunden.“

„Reine Neugier“, ergänzte Paul, der sich halb hinter Ricos Rücken versteckt hatte.

Da wurde der Mann plötzlich sehr freundlich.

„Das ist ja toll. Ich war früher auch Pfadfinder. Am liebsten mochte ich Zeltlager."

Rico und Paul freuten sich und auch die anderen Waldfüchse kamen näher. Nur Said blieb in sicherer Entfernung.

Der Mann wollte alles über das Zeltlager wissen. Wann es genau stattfindet, wieviele Gruppen daran teilnehmen, wie lange es dauert und ob sie auch Spiele um die Wiese herum machen, wo ihre Gruppenstunden stattfinden und wann.

Paul freute sich, dass der Mann sich so für die Pfadfinder interessierte und ihnen so viele Fragen stellte. Ja, er lud ihn sogar zum bunten Abend ein. Der Mann wollte ganz genau den Termin wissen und versprach zu kommen.

Lenart winkte dem Mann freundlich zu und fragte: „Das hat mich wirklich gefreut, einen ehemaligen Pfadfinder kennenzulernen. Darf ich Sie fragen, ob Sie Ihre Kluft noch haben?"

Der Mann stutzte kurz und antwortete dann schnell: „Ja, natürlich!"

„Wissen Sie, was ich das Schönste an meiner Kluft finde?", fragte Lenart weiter.

„Nein, Gedanken lesen kann ich nicht", antwortete der Mann und schaute Lenart an.

„Das Halstuch! Weil es gelb ist und blaue Punkte hat!" antwortete Lenart und strahlte übers ganze Gesicht.

„Ich auch, ich auch", sagte der Mann. „Das hab ich sogar noch zu Hause. Es hängt in meinem Arbeitszimmer."

Dann verabschiedeten sie sich. Schnell liefen die Waldfüchse zu ihren Rädern.

Was für eine seltsame Begegnung, findest du nicht?

Erst der böse Hund, dann der ärgerliche Mann und plötzlich wird der so freundlich!

Die Waldfüchse stiegen auf ihre Räder. Said zögerte einen Moment, dann sagte er: „Der Mann ist böse.“

„Wie kommst du darauf?“, fragte Rico. „Er war doch ganz freundlich. Was der alles über unser Zeltlager wissen wollte!“

„Hat böse Augen. Kalt!“ sagte Said.

„Immerhin war er auch Pfadfinder und hat immer noch sein Halstuch“, antwortete Paul.

„Er ist kein Pfadfinder. Es gibt keine gelben Halstücher mit blauen Punkten. Er ist ein Lügner!“, sagte Lenart leise und schaute zum Schuppen hinüber, der düster hinter den Hecken aufragte.

„Ich glaube, das ist nur ein Spinner. Der wollte sich wichtig machen vor uns“, winkte Rico ab.

„Oder er hatte ein schlechtes Gewissen, weil er uns so angeschrien und seinen Hund auf uns losgelassen hat“, sagten Sunshine und Summer. „Es ist nicht der Rede wert, sich über ihn Gedanken zu machen“, pflichtete ihnen Paul bei.

Schnell fuhren sie zu Rüdigers Bauernhof zurück. Sie hatten geschworen, niemandem von dem seltsamen dicken Mann zu erzählen.

Und du weißt, dass ein Geheimnis bei den Waldfüchsen gut aufgehoben ist!

Ein schöne Gruppenstunde

In der nächsten Gruppenstunde fragten die Waldfüchse Lena und Tom Löcher in den Bauch. Sie wollten unbedingt wissen, wie weit die anderen Sippen mit ihren Vorbereitungen für den bunten Abend waren. Sie kannten ja noch niemanden und waren deshalb so richtig aufgeregt. Sie wollten dem Publikum eine ganz besondere Aufführung zeigen und natürlich dem ganzen Stamm.

Lenart kam zu spät.

„Ich bin schon wieder von den Bösen Jungs verfolgt worden", sagte er, als er außer Atem im Gemeindezentrum ankam. „Ich musste einen Umweg machen, weil sie die Hochstraße versperrt hatten, deshalb bin ich sieben Minuten und 15 Sekunden zu spät! Das müsst ihr euch vorstellen, sie haben mir hinterhergerufen, dass ich ihnen Geld schulde, weil ich die Maut nicht bezahlt habe. Schon zum zweiten Mal nicht. Und dass sie sich das Geld holen werden. Dann haben sie mich bis hierher verfolgt, sie haben mich aber nicht erwischt, weil ich so ein schneller Radfahrer bin."

Das stimmte. Lenart konnte wirklich wahnsinnig schnell Fahrrad fahren. Vor allem, wenn die Bösen Jungs hinter ihm her waren.

Tom war richtig wütend, aber nicht auf Lenart, sondern auf die Bösen Jungs. Er schrieb sich alles auf, was Lenart erzählte.

„Die werden mich kennenlernen, diese Bösen Jungs", sagte er und schaute ganz grimmig.

Said antwortete: „Aufpassen. Böse Jungs gefährlich. Sie haben viele Muskeln in den Armen und wenig Muskeln im Kopf."

„Unterschätz niemals Pfadfinder", sagte Tom und schaute Lena an, die ihm zunickte. Es sah so aus, als hätte Tom einen Plan. Aber er verriet ihn nicht.

Die Waldfüchse erzählten Lena und Tom von ihrem Ausflug zur Fellner-Wiese. Aber mit keinem Wort erwähnten sie den dicken Mann.

Lena freute sich, weil sich die Waldfüchse so für das Zeltlager interessierten.

„Paul und Tine, mögt ihr nicht einen Artikel für die Gemeindezeitung über euren Ausflug schreiben? Immerhin seid ihr die Pressebeauftragten."

„Ich weiß nicht, ob das so interessant ist. Wir haben ja keine Fotos gemacht und die andern Sippen interessiert doch am meisten, wie es da aussieht", gab Paul zu bedenken.

„Quatsch mit Soße", unterbrach ihn Tine. „Ich werde die Wiese malen. Das wird viel besser als ein langweiliges Foto, weil ich nämlich schon das Pfadfinderzeltlager dazu malen werde: mit Zelten und Menschen und Wimpeln und mich male ich natürlich auch!"

„Das ist eine prima Idee", lobte Lena. „Dann mal los!"

Mit Feuereifer machten sie sich an die Arbeit. Tine wollte ein Papier so groß wie ein Hausdach, aber Lena überzeugte sie, dass ein Zeichenblockblatt auch reichte. Paul spitzte einen Bleistift und überlegte dabei, wie er anfangen sollte.

Said und Lenart gaben sich gegenseitig Musikunterricht.

Said trommelte einen einfachen Rhythmus und Lenart spielte mit der Ukulele dazu. Das sah lustig aus, weil Said auf seiner Trommel saß und auf seinen Sessel trommelte. Tom erklärte den anderen, dass man so eine Trommel „Kachon" (Cajón) nennt und dass sie aus Südamerika kommt.

Said mochte die Kachon, weil man darauf sitzen und Musik machen konnte, sie war leicht und er konnte sie überall hin mitnehmen. Langsam steigerte Said das Tempo. Er war wirklich ein guter Trommler. Das hatte er von seinem Onkel gelernt, als er noch in seinem Heimatland gewohnt hatte. Der war ein bekannter Musiker und hatte in vielen Orchestern gespielt. Said war sein Lieblingsschüler gewesen und Said vermisste seinen Onkel sehr. Er dachte oft an ihn, wenn er Musik machte und manchmal wurde er richtig traurig. Heute aber nicht, weil es ihm Spaß machte, mit Lenart zu spielen. Lenart spielte nun eine bekannte Melodie, Said trommelte dazu. Und mit einem Mal sangen plötzlich alle *„Wir lagen vor Madagaskar und hatten die Pest an Bord!"*

Paul sang besonders laut mit, weil er und Paulzwei gerade gefürchtete Piraten waren. Sie raubten Schätze von bösen Kaufleuten und verschenkten sie an arme Menschen. Dafür wurden Paul und Paulzwei gefeiert und schließlich wurden sie Könige. Dann war das Lied zu Ende und Paul sah, dass sein Blatt Papier immer noch leer war. Angestrengt dachte er nach.

Sunshine und Tine übten inzwischen hinten im Tanzraum Sprünge und Akrobatik. Sie wollten herausfinden, wie man am besten einen Sturm spielen konnte. Sunshine machte einen Handstandüberschlag und Summer sagte: „Ja, das ist ein gewaltiger Windstoß."

Sie stellte sich so, dass Sunshine genau vor ihr landete, und machte dann einen Purzelbaum rückwärts.

„Das sieht aus, als ob dich der Wind umgeworfen hätte", freute sich Sunshine. So probierten sie hin und her, machten Saltos und Luftsprünge, hoben sich gegenseitig hoch, turnten aneinander herum, krabbelten durch die Beine und blieben schließlich erschöpft liegen.

Rico und Tom wiederholten die Knoten, die sie in der letzten Stunde gelernt hatten und bald konnte Rico die Knoten fast schon so gut wie Tom. Dann dachten sich beide neue Knoten aus, denen sie fantastische Namen gaben: der doppelte Kranwürger oder der achtfach geschlungene Schlangenknoten oder das kleine Hüpfknötchen. Das war lustig und sie bekamen Bauchweh vom vielen Lachen.

Tine hatte ein Auge zusammengekniffen und starrte auf ihr Blatt. Die Wiese hatte sie fertig gemalt und sie sah toll aus. Ganz rosa! Und auch ein Zelt hatte sie schon gezeichnet und einen dicken Baumstamm. An den Baumstamm war ein Junge gefesselt. Das war Paul, aber das wollte Tine niemanden verraten. Vor allem nicht Paul! Der wäre sicher sauer auf sie. Aber Tine fand, dass er es verdient hatte. Immerhin hatte er sie beim Ausflug vergessen. Geschieht ihm recht, dachte sie und musste grinsen.

Lenart und Said hatten die Instrumente getauscht. Lenart fiel es leicht, den richtigen Rhythmus zu finden.

„Rhythmus“, sagte er, „ist einfach, weil Rhythmus logisch ist. Und alles, was logisch ist, fällt mir leicht.“

„Du hast gut, Lenart“, seufzte Said. „Meine Finger zu dick für Ukulele oder Ukulele zu dünn für meine Finger. Kann nicht spielen.“

Aber Lenart zeigte ihm geduldig, wo er seine Finger hinlegen musste und langsam gewöhnte sich Said an das Instrument. Glaubst du mir, wenn ich dir sage, dass er es zum Schluss richtig gerne mochte?

„Leute, langsam zum Schluss kommen“, rief Tom. „Die Stunde ist gleich vorbei!“

„Dann wollen wir doch mal sehen, was Paul und Tine für einen Artikel verfasst haben", sagte Lena und rief alle zum großen Tisch.

Stolz zeigte Tine den Waldfüchsen ihr Bild: „Das ist unser Zeltlager!"

„Interessant, doch, das ist interessant", sagte Lena nach einiger Zeit. Es gab eine rosa Wiese, nur ein großes Zelt, aber viele, viele Pferde und einen Jungen, der an einen Stamm gefesselt war und einen großen dicken Mann mit einem hässlichen schwarzen Hund im Hintergrund. Über der Wiese flogen sieben Engel. „Für jeden der Waldfüchse ein Schutzengel", sagte Tine.

„Aha." Mehr sagte Tom nicht.

„Wer ist denn dieser dicke Mann da?", fragte Lena.

„Keine Ahnung", antwortete Tine. „Den hab ich nicht gezeichnet, der ist von alleine auf das Bild gekommen. Also fast. Der hat sich von selber gemalt."

„Verstehe", sagte Tom, aber es hörte sich nicht so an.

Die Waldfüchse sahen Tine streng an. Sie hatten sich doch versprochen, nichts von dem Mann zu erzählen!

Zum Glück fragte Lena nicht weiter. Sie sagte nach einigem Zögern: „Das ist ein Bild, da sind wir uns einig und es zeigt ein Zeltlager, wie es sich ein Mädchen vorstellt, das noch nie in einem Zeltlager war. Ja, dann werden wir das so im Gemeindeblatt drucken."

„Ich bin gespannt, was Paul für einen Artikel geschrieben hat. Paul, lies vor!", sagte Tom und Alle schauten Paul gespannt an.

Paul räusperte sich: „Der Ausflug zur Fellner-Wiese, wo unser Zeltlager stattfindet, war schön."

„Und weiter?“

„Wie weiter, Tom?“, fragte Paul erstaunt.

„Na, weiter!“

„Es gibt kein weiter“, sagte Paul genervt. „Das ist alles.“

Die Waldfüchse sahen Paul erstaunt an. Paul war bekannt für seine „überbordernde Fanatsie“. Das hatte sogar eine Ärztin gesagt und dieser Paul schrieb nur einen Satz: „Der Ausflug war schön.“

Tine hatte eine Idee: „Wenn sein Artikel zu kurz ist, dann müssen wir unbedingt mein Bild viel größer abdrucken!“

„Nein, Tine, das ist schon in Ordnung so. Wir haben sowieso nur wenig Platz im Gemeindeblatt. Hoffentlich bekommen wir dein Bild und Pauls Artikel überhaupt unter!“, sagte Lena.

„Wehe, wenn nicht!“, Tine baute sich vor Lena auf. „Dann gibt es aber Krawall!“ Das Wort hatte sie im Radio gehört und es bedeutete sicher etwas sehr Wichtiges.

Tom lachte: „Alles klar, Tine. Das kriegen wir schon hin.“

Paul schämte sich. Ihm wären sicher noch viele andere Dinge zum Ausflug eingefallen, aber er war einfach zu sehr damit beschäftigt gewesen, Piratenabenteuer zu erleben.

Zum Glück bat Lena Said und Lenart, ein Abschiedslied zu spielen. Tom schnappte sich seine Gitarre und die Drei sahen schon ein bisschen wie eine richtige Musikband aus – vor allem hörten sie sich wie eine an, als sie mit dem Lied begannen:

„Nehmt Abschied, Brüder,
ungewiss ist alle Wiederkehr,
die Zukunft liegt in Finsternis
und macht das Herz uns schwer.
Der Himmel wölbt sich überm Land.
Ade, auf Wiederseh'n!
Wir ruhen all in Gottes Hand.
Lebt wohl, auf Wiederseh'n!"

Die Waldfüchse sangen im Chor mit. Aber Paul fand, dass Tom dieses Mal das Lied nicht richtig ausgesucht hatte. Wir üben doch für den bunten Abend, dachte er. Und das macht das Herz nicht schwer, sondern leicht. Bald sind Ferien und wir fahren in das Zeltlager. Also lag die Zukunft doch nicht im Dunklen, sondern war ganz hell. Überhaupt: mit einer Sippe wie den Waldfüchsen, was soll da schon schiefgehen?

Zum Glück wusste Paul da noch nicht, wie er sich täuschte!

Neue Pläne

Die nächste Gruppenstunde begann Tom damit, dass er die Waldfüchse an den großen Tisch holte.

„Ich muss euch etwas sagen“, begann er.

Paul fand, dass Tom sich heute sehr ernst anhörte. Er hatte nicht einmal seine Gitarre ausgepackt und sie hatten auch kein Begrüßungslied gesungen. Was war passiert? Wenigstens war Lenart heute wieder pünktlich. Die Bösen Jungs hatten sich anscheinend in Luft aufgelöst.

„Es geht um unseren bunten Abend“, fuhr Tom fort. „Der Rücklauf ist nicht so berauschend.“

„Was bedeutet Rücklauf?“, wollte Said wissen.

„Das bedeutet“, sagte nun Lena, „dass sich noch nicht viele Gäste für den bunten Abend angemeldet haben.“

„Wieviele denn genau?“, wollte Rico wissen.

„Leider nur vier“, sagte Tom und zuckte mit den Schultern.

„Das ist nicht viel“, antwortete Said.

„Das ist wenig“, sagte Tine.

„Das ist überhaupt nichts“, sagte Paul und schüttelte enttäuscht den Kopf. Auch seine Eltern waren ganz traurig gewesen. Mama und Papa hatten an dem Tag einen Ausflug mit irgendeinem Verein geplant und konnten nicht kommen. Die großen Menschen haben immer irgendetwas zu tun!

„Vielleicht sollten wir den Abend absagen. Wie sieht das denn aus, wenn oben auf der Bühne dreißig Pfadis herumstehen und unten im Publikum gerade mal vier Menschen sitzen?“, fragte Tom.

Alle erschraken. Das konnte nicht sein! Es ging doch darum, Spenden zu sammeln, damit Said in das Zeltlager mitfahren konnte. Sie mussten sich etwas ausdenken! Irgendeine Lösung musste es doch geben.

„Entweder fahren wir alle ins Zeltlager, oder keiner“, sagte Rico. „Also, her mit euren Ideen!“

„Ihr seid eine ganz tolle Pfadfindersippe, wisst ihr das eigentlich?“, fragte Lena.

Doch die Waldfüchse hörten nicht zu. Fieberhaft überlegten sie.

„Ich versteh das nicht, wir haben so ein tolles Programm und niemand will es sehen!“ Sunshine war wütend.

„Das kannst du doch so überhaupt nicht sagen“, antwortete ihre Schwester.

„Ich kann sagen, was ich will. Besonders dann, wenn es wahr ist“, gab Sunshine zurück.

„Ich meine doch nur, natürlich wird das ein fantastischer bunter Abend. Da sind wir uns doch alles einig, oder?“

Die Waldfüchse nickten, die einen begeistert, die anderen ein wenig nachdenklich. Ich verrate dir aber nicht, wer wie genickt hat. Das ist ein kleines Waldfüchsegeheimnis!

„Nur nutzt das überhaupt nichts, wenn das Publikum das nicht weiß. Stimmt’s oder hab ich recht?“

Wieder nickten alle.

„Dann müssen wir das eben ändern!“, rief Sunshine.

„Aber wie?“, fragte Rico.

„Werbung!“ antwortete Lenart und nickte anerkennend.

„Sehr schlau, Sunshine!“

Summer verstand plötzlich, was ihre Schwester meinte. Früher, als ihre Eltern noch nicht so berühmt waren und in der ganzen Welt ihre Trapezkünste zeigten, hatten Summer und Sunshine oft geholfen, Werbung zu machen.

Wenn sie in eine neue Stadt kamen, dann verteilten sie bunte Zettel, damit die Menschen mitbekamen, dass der Zirkus in der Stadt war. Einmal durften sie sogar mit Charly über den Marktplatz laufen.

Möchtest du wissen, wer Charly war? Charly war ein Kamel. Aber nicht irgendein Kamel, es war das klügste Kamel der Welt. Es konnte rechnen! Das glaubst du nicht? Wenn der Zirkusdirektor Charly fragte: „Wieviel ist drei plus zwei?“, dann nickte Charly fünf Mal mit dem Kopf. Wenn das nicht klug ist!

„Wir haben noch eine Woche Zeit, das reicht“, sagte Summer und Sunshine freute sich, dass ihre Schwester den Plan verstanden hatte. „Am Samstag ist doch Markt? Da sind unheimlich viele Menschen unterwegs. Wir verteilen Werbezettel für unseren bunten Abend!“

Tom und Lena fanden auch, dass das eine gute Idee war.

Aber Rico schüttelte den Kopf. „Woher sollen wir denn diese Zettel herbekommen? Wir können sie ja schlecht herzaubern, Frau Schlaumeier.“

„Wir könnten im Gemeindebüro kopieren. Da gibt es genug Papier. Leider kein farbiges!“

„Das brauchen wir auch nicht. Wir nehmen einfach mein Bild vom Zeltlager, das ist bunt. Bunter geht's nicht!“, rief Tine begeistert.

„Das stimmt", lächelte Tom. Und auf die Rückseite schreiben wir, wann der bunte Abend ist …"

„… und wo", ergänzte Paul, dem die Idee gefiel.

„Als ob so ein Zettel jemanden interessiert!" Rico glaubte nicht an die Idee.

Said saß ganz traurig auf seinem Stuhl. Tine legte ihm einen Arm um die Schulter: „Soll ich einen Purzelbaum für dich machen? Oder ein Lied singen?"

Aber Said schüttelte nur den Kopf.

Paul sah plötzlich Sunshine, wie sie Summer hochhob und wie Summer einen Handstand auf Sunshines Schulter machte. Lenart spielte Ukulele dazu und Tine verteilte bunte Zettel. Und ich, staunte Paul, singe! Wieso singe ich?

Dann bemerkte er, dass Lenart die Tischplatte mit einem Tuch sauber rieb, Sunshine und Summer halb auf einem Sitzsack lagen und Tine den Arm um Said legte.

Nur eine Fanatsie, dachte Paul und schon hatte er sie fast vergessen, als er schrie: „Das ist es! Ich habe *die* Idee!"

Er erzählte ihnen seinen Tagtraum.

Summer und Sunshine waren begeistert. Sie begann sofort, sich Akrobatikfiguren auszudenken. Tine bekam vor Aufregung einen Schluckauf. Sogar Rico nickte und sagte: „Das könnte klappen!"

Said lächelte schon wieder ein wenig zuversichtlicher.

Nur Lenart wischte weiter den Tisch und schüttelte den Kopf.

„Was ist los, Lenart?", fragte Tom. „Kein Lust, mitzumachen?"

Lenart wischte weiter. Schließlich sagte er: „Das ist nicht gut. Nein. Das ist überhaupt nicht gut. Zu viele Menschen. Da werd ich vielleicht nervös. Ich will nicht mehr schreien. Das ist nicht gut!"

Er wischte und wischte. Alle schauten sich erschrocken an. So hatten sie Lenart noch nie gesehen. Er hatte ein ganz bleiches Gesicht bekommen. Es war weiß wie die Wand.

Langsam und leise begann Said auf seiner Kachon zu trommeln. Es war ein schöner, aber auch ein komplizierter Rhythmus. „Hat mein Onkel mir gelernt, als ich achten Geburtstag hatte. Mein Geschenk für dich, hat Onkel gesagt!"

Alle hörten gebannt zu. Dass Said so gut trommeln konnte, das hatten sie nicht geahnt. Seine Finger flogen nur so über das Holz. Sogar Lenart hatte aufgehört zu wischen.

Nach einiger Zeit wurde der Rhythmus einfacher und Sunshine begann zu singen: *„Ein Freund, ein guter Freund ..."*

Summer stimmte mit ein, Tine auch. Paul konnte nicht anders, er musste einfach mitsingen und Rico summte erst ein paar Takte, aber dann war auch er dabei. Lena klatschte den Rhythmus und Tom holte seine Gitarre. Als er damit zurückkam, sah er, dass Lenart auf seinem Stuhl saß, die Ukulele in der Hand hielt und zusammen mit Said die Waldfüchse begleitete. Ja, er sang sogar mit!

Tom schlich sich leise wieder hinaus, stellte seine Gitarre ab und wartete an der Tür, bis das Lied zu Ende war.

Lenart lächelte. Ein wenig schief war das Lächeln schon, aber es war eindeutig ein Lächeln.

„Ich mach mit", sagte er und schien selber nicht so recht zu glauben, was er da sagte. „Wegen Said. Weil, ich möchte, dass er ins Zeltlager mitkommen kann. Und ich möchte, dass wir alle mitkommen können."

Alle klatschten in die Hände und klopften Lenart auf die Schultern.

„Lenart lebe hoch!", schrie Rico und die Waldfüchse antworteten: „Hoch! Hoch! Hoch!"

„Ein wenig nervös bin ich schon", gab Lenart zu. „Aber wenn ihr ein wenig auf mich aufpasst, dann geht das schon mit den vielen Menschen. Hoffentlich!"

„Ja klar", sagte Lena und klang sehr überzeugt: „Ganz sicher!"

Ganz sicher, dachte auch Paul, die Waldfüchse, das war die beste Sippe der Welt und sie waren Freunde!

Den Rest der Gruppenstunde kopierten sie die Zeichnung Tines auf Papier und schnitten es in kleine handliche Zettel, die sich gut verteilen ließen. Dann schrieben sie von Hand alles, was wichtig war, auf die Rückseiten.

Am Ende tat allen die Schreibhand ganz schön weh. Nur Tine nicht. „Ich muss nicht schreiben. Ich habe die Zeichnung gemacht", sagte sie, legte sich faul auf einen Sitzsack und war sofort eingeschlafen.

Wer weiß schon, wovon Tine geträumt hat!

Ich glaube, von dem Auftritt auf dem Marktplatz. Und wie ich sie kenne, träumte sie von einem grandiosen Erfolg.

Am Samstag

Der Marktplatz war schon am frühen Vormittag voller Menschen, die zwischen den Ständen herumliefen, Gemüse und Käse einkauften oder einfach nur miteinander redeten. Die Cafés am Rande des Platzes waren bis auf den letzten Platz besetzt. Kein Wunder, es war schönstes Wetter. Der Himmel war blau und die Sonne schien.

Die Waldfüchse traten nervös von einem Bein auf das andere.

„Was für ein Trubel", sagte Lenart und schaute unsicher um sich. „Da hört uns doch keiner zu!"

„Von wegen", antwortete Summer und dehnte ihre Beine.

„Wenn wir erst loslegen, dann tobt die Menge", sagte Sunshine und schaute entschlossen.

„Es wird alles schon werden", murmelte Tom und schien nicht so wirklich überzeugt.

„Natürlich wird es", rief Lena und stupste Tom mit dem Ellbogen in die Rippen.

„Ich habe da mal eine konkrete Frage, wo sollen wir denn überhaupt auftreten?"

„Gute Frage, Lenart!", antwortete Rico. „Die Antwort ist: ich habe keine Ahnung!"

„Schaut mal! Da vorne", rief Paul und deutete auf eine kleine Holzbühne, die in der Mitte des Marktes stand.

„Hier wird heute Mittag der Bürgermeister reden, weil der Markt irgendein Jubiläum hat“, erklärte Tom.

„Das ist ideal für uns. Da werden wir gut gesehen und zwar von allen Seiten …“

„… und wir haben genug Platz für unsere Show!“, freuten sich die Zwillinge.

Paul bewunderte Sunshine und Summer dafür, dass sie überhaupt nicht nervös waren. Sie waren es gewöhnt, vor anderen Menschen aufzutreten. Schon als ganz kleine Kinder hatten sie mit ihren Eltern vor Publikum gespielt. Ich muss das erst lernen, dachte Paul. Und das ist nicht so einfach. Andererseits war seine Aufgabe nicht so schwer. Er musste nur die Werbezettel verteilen. Es knackste in der Telepathieleitung: „Paulzwei an Paul, Paulzwei an Paul: Du schaffst das!“

Das beruhigte Paul ein wenig.

Lena und Tom hatten ihre Pfadfinderkluft an und Tom hatte sie zur Feier des Tages sogar zugeknöpft. Außerdem hatten sie ihre roten Tücher um den Hals.

Rico flüsterte den Waldfüchsen zu: „Rot, das bedeutet Rover!“ (Rover, das ist die älteste Pfadfinderstufe, so ungefähr ab 15 Jahren.)

Auch Lenart hatte Kluft und Halstuch angezogen. Sein Halstuch war orange.

„Orange bedeutet Wölfling.“ Rico wusste Bescheid.

Lenart hatte zugehört und sagte stolz: „Im Zeltlager bekomme ich das blaue Tuch, weil, dann werde ich nämlich Jungpfadfinder.“

„Und ihr bekommt auch endlich eine Kluft“, versprach Lena.

„Dazu müsst ihr aber das Pfadfinderversprechen ablegen!“

Das hörte sich spannend an, auch wenn die Waldfüchse nicht wussten, was das für ein Versprechen ist. Es gab noch so viel zu lernen!

Immerhin hatten sie wieder ihre orangefarbenen Armbänder umgebunden.

Rico hatte eine Spendendose mitgebracht. Sein Papa hatte sie ihm in die Hand gedrückt und fünf Euro hineingesteckt. Er hatte Rico erklärt, dass das Publikum ja eine künstlerische Darbietung zu sehen bekommt und dass die Waldfüchse dafür Geld einsammeln dürfen.

Manchmal war Ricos Papa ganz schön schlau, findest du nicht?

„Wir machen das jetzt so“, sagte Lena. „Said, Lenart und Tom, ihr beginnt mit der Musik. Dann kommen Sunshine und Summer mit ihren Akrobatikübungen. Währenddessen verteilen Rico, Paul und ich die Werbezettel und Tine darf die Spendenbox nehmen und fleißig Geld einsammeln. Fünf Minuten reichen. Danach machen wir ein halbe Stunde Pause und dann wiederholen wir das Ganze. Schaffen wir das?“

„Ja“, riefen die Waldfüchse und Lenart fügte leise hinzu: „Hoffentlich!“

Die Musiker schwangen sich auf die Bühne. Said begann wie wild zu trommeln. Erschrocken schauten die Menschen zu ihnen hoch. Aber als Tom mit der Gitarre anfing, wurde Saids Rhythmus ruhiger und alle sahen, dass Tom eine Pfadfinderkluft trug und verstanden, dass es eine Pfadfinderaufführung gab. Und als Lenart die ersten Töne mit der Ukulele spielte, lachten die Menschen, weil es ein so lustiges Instrument war und weil Lenart seinen Kopf hin- und her schleuderte wie ein Rockstar.

Das gefiel dem Publikum. Einige klatschten sogar mit.

Dann kamen Summer und Sunshine.

Sunshine legte sich auf den Rücken, winkelte die Beine an und streckte ihre Füße Summer entgegen. Die lehnte sich mit ihrem Bauch daran, kippte nach vorne und in dem Moment streckte Sunshine die Beine aus und drückte sie in die Höhe. Summer breitete die Arme aus. Unglaublich, es sah aus, als ob Summer fliegt! Wie ein Vogel!

Das Publikum staunte und wollte schon applaudieren, aber die Zwillinge machten schon weiter. Sunshine drückte ihre Oberschenkel nach vorne. Summer stieg mit den Füßen auf die Oberschenkel und schaute nach vorne ins Publikum. Schnell packte Sunshine ihre Hände, damit sie nicht nach vorne fiel, und hielt sie fest. Summer drückte ihren Rücken durch und Paul sah, wie die Mädchen sich in ein Piratenschiff verwandelten und Summer war die Figur, die immer ganz vorne an den alten Schiffen dran ist. Das war unglaublich. Said, Tom und Lenart spielten weiter. Paul, Lena und Rico verteilten die Zettel. Fast alle wollten einen haben, sie wollten wissen, was das für eine Aufführung war. Tine strahlte übers ganze Gesicht, weil ihre Spendendose sich füllte.

Jetzt hatte Summer zwei kleine Bälle in einer Hand.

Sie warf einen hoch und fing ihn wieder auf. Aber da war schon der andere in der Luft. Sunshine warf ihr einen dritten Ball zu und wieder flogen die Bälle durch die Luft, Summer fing sie auf und warf sie gleich wieder hoch. Paul wurde ganz schwindlig, so schnell flatterten die Hände und die Bälle. Dann warf Sunshine ihr einen vierten Ball zu. Das konnte unmöglich gutgehen! Aber Summer lächelte nur und in Windeseile sausten Bälle und Hände hin und her, hoch und herunter! Dann drehte sich Summer um die eigene Achse und – alle Bälle lagen auf dem Boden. Sie ärgerte sich, aber die Menschen vor der Bühne klatschten begeistert Beifall und die Musiker und die Zwillinge verbeugten sich. Sogar Lenart machte mit und winkte glücklich ins Publikum.

Dann riefen die Leute „Zugabe, Zugabe" und Sunshine und Summer tuschelten kurz. Dann machten sie den Musikern ein Zeichen. Die begannen wieder zu spielen. Eine dramatische Musik war zu hören. Paul hielt den Atem an.

Plötzlich spürte er Tines Hand in seiner. Er drückte sie ganz fest.

Was hatten die Zwillinge vor?

Summer stellte sich kerzengerade in die Mitte der Bühne. Sunshine stand einige Schritte hinter ihr und starrte auf den Rücken ihrer Schwester. Tom und Lenart hatten zu spielen aufgehört. Nur noch Saids Trommeln war zu hören. Dann gab sich Sunshine einen Ruck, sie machte einen Handstandüberschlag und ihre Beine landeten auf den Schultern ihrer Schwester. Die zog die Beine nach vorne und schwuppdiwupp saß Sunshine auf der Schulter Summers. Und schon ging es weiter! Sunshine packte die Hände ihrer Schwester und richtete sich auf. Jetzt stand sie auf der Schulter Summers! Ganz hoch über dem Marktplatz. Sie drehte sich vorsichtig um. Dabei wäre sie fast abgestürzt. Alle, die gebannt zuschauten, stöhnten auf. Aber Sunshine fing sich wieder.

Die Mädchen schauten beide konzentriert nach vorne. Said trommelte schneller und schneller. Es war so spannend! Sunshine rief: „Jetzt!“, und sprang los. Sie segelte durch die Luft, wie ein Delfin, der aus dem Wasser springt. Dann machte sie auf dem höchsten Punkt plötzlich eine Drehung, einen Salto rückwärts. Das Publikum schrie auf, aber Sunshine landete in den Armen von Summer. Sie hatte sie aufgefangen.

Ich bin mir sicher, dass du den Jubel gehört hast, der war nämlich so laut, dass er überall, also auch bei dir, zu hören war.

Sie wiederholten die Aufführung noch drei Mal, dann waren sie alle ganz erschöpft. Tom spendierte Eis für alle und Tine zählte die Spenden und zählte nochmal und zählte nochmal und schließlich noch einmal.

Paul fragte: „Wie viel haben wir verdient?“

Tine antwortete stolz: „Fünftausendzweihundert und vier Euro!“

„Was? Wie? So viel?“, riefen alle durcheinander.

Tom zählte nach, räusperte sich und sagte schließlich:

„Tine hat fast richtig gerechnet, allerdings hat sie ein paar Nullen zu viel hinten drangehängt. Es sind genau 57 Euro und 50 Cent. Das ist doch schon ein guter Anfang!“

Das fanden die Waldfüchse auch und alle freuten sich für Said, ihren Freund.

Da sah Paul etwas aus dem Augenwinkel. Er drehte seinen Kopf und sah, wie ein dicker Mann einen der Werbezettel vom Boden aufhob, ihn aufmerksam las und in seine

Jackentasche steckte. Paul überlegte kurz, dann wusste er es wieder: Das war der Mann vom Zeltplatz!

„Schaut mal", sagte Lenart. Er deutete zum Brunnen am Rand des Marktes. Dort standen die Bösen Jungs und auch sie beugten sich über einen Werbezettel.

Lena riss sie aus ihren Gedanken.

Begeistert erzählte sie: „Habt ihr gesehen, alle unsere Sippen waren da! Das wollten sie sich nicht entgehen lassen, wenn die Neuen sich auf dem Markt zum ersten Mal präsentieren!"

„Und? Wie fanden sie uns? Was haben sie gesagt?" Die Waldfüchse drängten sich um Lena.

Lena sagte lange nichts, dann endlich: „Bisher nichts. Kein Wort!"

Enttäuscht blickten die Waldfüchse sich an.

„Weil sie vor Staunen den Mund noch nicht zubekommen haben!", lachte Lena und jetzt bekamen die Waldfüchse kein Wort heraus. Warum? Weil nun ihnen der Mund offen stand.

Ich glaube, das hat es in der Geschichte dieses Pfadfinderstamms auch noch nie gegeben, dass allen, aber auch wirklich allen seinen Pfadfindern der Mund offen stand. Und zwar zur selben Zeit!

Der frühe Morgen

„Papa, aufstehen!“, rief Paul.

Verschlafen öffnete der die Augen. Draußen war es noch ganz dunkel. Er sah auf die Zahlen auf dem Wecker und schloss müde die Augen: „Paul, es ist erst fünf Uhr morgens!“

„Nein, Papa, es ist *schon* fünf Uhr! Heute ist doch der bunte Abend!“

„Es ist ein bunter Abend, kein bunter Morgen! Lass mich noch ein wenig schlafen!“

„Papa, wir müssen noch so viel erledigen! Und du sagst doch selber immer: Der frühe Vogel fängt den Wurm!“ Paul war ganz unglücklich. Warum verstand Papa nicht?

„Was denn zum Beispiel?“, fragte Papa mit müder Stimme.

Paul dachte nach. Das Kostüm hatte er fein säuberlich in ihrem Zimmer auf dem Stuhl liegen. Gestern hatten sie zum letzten Mal geprobt. Es war alles gut gegangen. Niemand hatte einen Fehler gemacht und Lena hatte sie gelobt. Tom hatte ihnen gesagt, wann sie am Gemeindezentrum sein mussten. Paul hatte angeboten, einen kleinen Artikel für das Gemeindeblatt über den bunten Abend zu schreiben und Tine hatte extra dafür den Pfadfinderfotoapparat von Lenart bekommen. Er hatte ihr sogar erklärt, wie er funktioniert. Lenart ist wirklich nett, dachte Paul.

Wenn er ganz ehrlich war, dann musste er zugeben, es war nichts, aber auch wirklich nichts mehr zu erledigen.

„Du bist gemein, Papa", sagte er schließlich und schlich zurück in sein Zimmer.

„Danke, ich hab dich auch lieb", antwortete Papa und schlief sofort wieder ein.

Kennst du das? Du freust dich ganz besonders auf etwas, sagen wir, den bunten Abend. Aber dann vergeht die Zeit so langsam, dass du meinst, eine Sekunde dauert eine Stunde, ein Minute dauert einen Tag und eine Stunde ist so lang wie ein Jahr?

So erging es Paul. Die Zeit kroch dahin. Und es gab noch nicht einmal Schule, denn heute war Samstag.

Also dachte Paul nach.

Am besten geht Nachdenken, wenn er sich mit Paulzwei unterhielt. Er rief ihn über die Telepathieleitung an:

„Paul an Paulzwei, Paul an Paulzwei, schläfst du noch?"

„Paulzwei an Paul, natürlich schlafe ich nicht mehr. Ich bin seit Stunden wach!"

Dann musste Paulzwei ja mitten in der Nacht aufgestanden sein. Seltsam!

„Ich habe nämlich nachgedacht", fuhr Paulzwei fort.

„Wieso interessieren sich die Bösen Jungs für den bunten Abend?"

„Wie kommst du darauf?", fragte Paul.

„Lenart hat doch gesehen, wie die Bösen Jungs einen Werbezettel aufgehoben und gelesen haben."

„Vielleicht interessiert es sie, was wir so machen?"

„Nein Paul, die Bösen Jungs interessieren sich nur dafür, was ihnen nutzt."

Paul überlegte. Es war wirklich merkwürdig. Die Bösen Jungs verfolgten Lenart, um Geld von ihm zu erpressen.

Und das gleich zwei Mal und dann tauchen sie auf dem Markt auf, wo die Waldfüchse ihre Aufführung hatten.

„Vielleicht ist das nur Zufall", sagte Paul.

„Du meinst, die Bösen Jungs kommen einfach so zum Markt, um Obst einzukaufen?", fragte Paulzwei und lachte. „Das kann ich mir nicht vorstellen."

„Ich auch nicht", gab Paul zu. „Eher würden die Obst klauen, als es zu kaufen."

„Und meinst du, dass die Bösen Jungs Äpfel essen?"

„Nein, aber dass sie uns mit Äpfel bewerfen, das glaube ich schon eher!"

Paulzwei wurde wieder ernst: „Was also haben die Bösen Jungs auf dem Markt gemacht?"

Paul bekam einen Schreck: „Sie haben uns ausspioniert! Sie verfolgen Lenart oder uns! Aber warum?"

„Na, weil sie glauben, dass Lenart ihnen Geld schuldet!", antwortete Paulzwei. „Wegen der Maut!"

„Das ist doch Quatsch", antwortete Paul. „Hier bei uns gibt es keine Maut. Maut muss man in Österreich bezahlen und da auch nur, wenn man mit dem Auto auf der Autobahn fährt, aber doch nicht bei uns!"

„Die Bösen Jungs haben aber zu Lenart gesagt, dass er ihnen Maut schuldet! Dann ist das eben die private Straßenbenutzungsgebühr der Bösen Jungs!"

„Das ist verboten, Paulzwei. Es kann doch nicht einfach jemand sagen, ich bekomme Geld von dir, nur weil du auf der Straße vor meinem Haus herumläufst!"

„Verboten ist es schon, aber trotzdem machen das die Bösen Jungs!“

Paul musste ihm recht geben. Es kam immer mal wieder vor, dass die Bösen Jungs vor seiner Schule warteten und den kleineren Schülern Geld abnahmen und manchmal auch die Pausenbrote. Und sie drohten den Kleinen mit Schlägen, wenn sie irgendjemanden etwas verrieten. So gemein waren die Bösen Jungs.

„Es ist besser, ihnen aus dem Weg zu gehen“, sagte Paul.

„Aber im Moment sieht es so aus, dass die Bösen Jungs sich uns in den Weg gestellt haben.“

„Wir müssen sie loswerden“, sagte Paul entschlossen.

„Das müssen wir definitiv!“, pflichtete ihm Paulzwei bei. „Die Frage ist nur: wie?“

Paul überlegte lange: „Ich habe da so eine Idee. Wart’s nur ab!“

Und Paulzwei sagte: „Wenn du so eine Idee hast, dann warte ich das natürlich gerne ab.“

Denn Paul hatte die besten Ideen. Stimmt doch, oder?

Der bunte Abend

Die Waldfüchse trafen sich eine Stunde vor Beginn des bunten Abends am Gemeindezentrum. Sie hatten gedacht, dass sie garantiert die ersten wären. Aber in allen Gängen und Räumen liefen schon Menschen herum. Die Tische wurden aus dem großen Saal hinausgetragen und Stühle in lange Reihen gestellt. In der Eingangshalle bauten die Schwalben das Kuchenbuffet auf. Als sie die Waldfüchse herein kommen sahen, steckten sie die Köpfe zusammen und tuschelten leise miteinander. Dann aber grüßten und winkten sie freundlich zu den Waldfüchsen herüber.

„Wenn ihr Kuchen wollt, sagt Bescheid, wir haben eine ganze Lastwagenladung voll. Außerdem schmeckt er sehr lecker, es ist nämlich Schokokuchen! Den haben wir selbst gemacht."

Die Waldfüchse freuten sich, weil die Schwalben so nett zu ihnen waren. Immerhin waren sie die Neuen und kannten noch niemanden. Aber sie waren viel zu nervös, um jetzt Kuchen zu essen. Nur Tine sprang zum Kuchentisch und holte sich gleich vier Stücke.

„Für nachher", erklärte sie den überraschten Schwalben. „Da werden wir sicher Hunger haben, weil unsere Aufführung ist so anstrengend, das könnt ihr euch nicht vorstellen!"

Die Schwalben lachten und eines der Mädchen sagte: „Ich glaube schon, wenn das so wird wie auf dem Marktplatz.

Das war toll! Wir sind alle schon ganz gespannt, was ihr heute macht."

Da wurden die Waldfüchse gleich noch ein weniger nervöser.

Paul dachte: „Hoffentlich klappt alles!"

Um sich zu beruhigen, rief er Paulzwei über die Telepathieleitung an, aber der ging nicht ran.

Im Werkraum hievten die Wildgänse einen dicken Baumstamm auf einen Tisch.

„Die haben ganz schön Kraft!", flüsterte Paul Rico zu.

„Kein Wunder, die sind ja auch alle schon älter", antwortete Rico.

„Braucht ihr Hilfe?", fragte Rico, weil die Wildgänse den Baumstamm nicht hochheben konnten. Er war zu schwer.

„Hilfe? Glaubst du, wir schaffen das nicht alleine?!", rief einer der Wildgänse. Die anderen lachten. „Wir schaffen alles! Pass mal auf, so geht das!"

Er nickte den anderen zu und sie packten alle noch einmal an. Dann schrien sie ganz laut und hoben den Stamm gleichzeitig hoch. Aber sie schafften es nicht ganz. Gerade wollten sie ihn wieder auf den Boden plumpsen lassen, da sprangen die Waldfüchse dazu und stemmten sich gegen das Holz.

„Ist der schwer!", japste Paul. Doch er drückte und zerrte weiter. Und endlich lag der Stamm auf dem Tisch.

„Danke", sagten die Wildgänse. „Alleine hätten wir das wirklich nicht hingekriegt."

„Gern geschehen", antwortet Tine, die als Einzige nicht mitgeholfen hatte. Sie hatte immer noch den Teller mit den Kuchenstücken in der Hand. „War doch ein Klacks!"

Da lachten die Wildgänse und einer sagte: „Ich bin Noah! Und ihr seid die Waldfüchse, stimmt's? Wir haben euch auf dem Marktplatz gesehen und haben gedacht, ihr bildet euch ganz viel darauf ein, dass ihr so gute Aufführungen macht und seid bestimmt richtig arrogant. Aber ihr seid ja richtig nett!"

„Natürlich sind wir nett, was denkt ihr denn", sagte Summer ganz erstaunt.

„Aber ihr seid auch ganz in Ordnung, glaube ich", sagte Sunshine.

„Kuchen bekommt ihr aber keinen, den esse ich alleine. Ich muss nämlich noch wachsen!", sagte Tine schnell und versteckte den Kuchen hinter ihrem Rücken.

„Wir sehen uns später!", sagte Sunshine.

„Ja, klar", riefen die Wildgänse. „Und viel Glück für eure Aufführung!"

„Wird schon werden", antwortete Summer.

Du musst wissen, wenn dir jemand alles Gute für eine Aufführung wünscht, darfst du nie, nie, nie „Danke" sagen. Das bringt nämlich Unglück!

Paul war froh, dass die Wildgänse so freundlich waren. Er hatte ein wenig Angst gehabt, dass sie auf die Waldfüchse herab sahen. Immerhin waren die Wildgänse schon älter und es waren starke und laute Jungs. Jetzt aber hatten sie sich schon fast angefreundet.

Und in Pauls Kopf nahm sein Plan immer genauere Formen an.

„Da seid ihr ja endlich", sagte Tom, als die Waldfüchse in den großen Gemeindesaal kamen. „Schaut, das ist eure Bühne."

„Das ist … grandios!“, entfuhr es Sunshine und Summer.

„Ich kann da nicht spielen“, sagte hingegen Rico und setzte sich auf den Boden.

Auch Paul musste schlucken. Wie groß der Raum war! Es waren mindestens hundert Stühle aufgestellt worden. Ganz hinten, am anderen Ende, gab es eine Bühne. Sie war bereits hell erleuchtet.

„Das ist so hell, man sieht alles“, sagte Said.

„Vor allem meine Fehler“, schoss es Paul durch den Kopf und er wurde noch nervöser.

Aber Summer und Sunshine freuten sich: „Das ist gut, dass die Bühne etwas erhöht ist. Da sehen alle im Publikum uns richtig gut.“

„Das ist ja das Problem“, dachte Paul.

„Mir ist ein wenig schlecht!“, hörte er Tine hinter sich sagen.

„Kein Wunder“, antwortete Rico. „Du hast ja alle vier Stück Kuchen gegessen!“

„Wo ist Lenart geblieben?“, fragte Said.

Ja, wo war eigentlich Lenart? Den hatten sie ganz vergessen.

Doch in dem Moment stürmte er in den Saal.

„Da seid ihr ja. Stellt euch vor, die Bösen Jungs sind hier! Vielmehr, sie waren hier. Ich habe sie draußen vor der Tür gesehen. Sie haben sich alles ganz genau angeschaut und dann sind sie plötzlich verschwunden. Sie hatten es auf einmal ganz eilig!“

Paul war schnell zur Eingangstür gelaufen, um zu kontrollieren, ob die Bösen Jungs wirklich weg waren. Niemand war zu sehen. Er wollte gerade wieder zurück zu den anderen, da sah er jemanden, den er irgendwoher kannte. Aber woher? Es war ein dicker Mann. Der sah sich ein paar Mal um und ging dann hastig weg. Paul dachte nach, dann fiel es ihm wieder ein. Das war der Mann vom Zeltplatz. Er wollte sich wahrscheinlich die Aufführung anschauen. Aber warum lief er dann weg? Paul verscheuchte seine Gedanken und lief zurück zu den Waldfüchsen.

„Sei froh, dass die Bösen Jungs verflogen sind!", sagte Said erleichtert zu Lenart.

„Das bin ich auch. Und wisst ihr was? Ich bin überhaupt nicht nervös! Im Gegenteil. Ich freu mich, dass wir dem ganzen Stamm zeigen können, was wir für eine tolle Sippe sind!" Lenart klatschte in die Hände.

Paul wunderte sich. Lenart hatte doch am meisten Angst von allen, auf der Bühne zu sein und vom Publikum angeschaut zu werden. Und plötzlich war das weg?

„Ich werde spielen", fuhr er fort. „Aber ich stelle mich so, dass mich niemand sehen kann, nur hören."

Alle starrten ihn an.

„Aber …", wollte Sunshine sagen. Da lachte Lenart los: „War nur ein Scherz. Natürlich mache ich ganz normal mit! Alleine würde ich das nicht machen, aber weil ihr dabei seid, trau ich mich!"

„Ich wusste, dass wir uns auf dich verlassen können", sagte Tom und die anderen nickten erleichtert.

„Jetzt ist mir nicht mehr schlecht", rief Tine.

Es konnte losgehen!

Der Saal füllte sich. Es war unglaublich, aber innerhalb

von ein paar Minuten waren alle Stühle besetzt und ganz hinten standen die Menschen ganz dicht gedrängt und es kamen immer noch neue Besucher dazu.

Die Waldfüchse liefen schnell hinter die Bühne. Sie mussten sich ja noch umziehen, Lenart musste seine Ukulele stimmen und Tine musste alle neumalnerven.

Tom hatte Lena überredet, dass sie das Publikum begrüßte und die einzelnen Programmpunkte ankündigte.

Als erstes rief sie die Füchse auf die Bühne. Sie sangen Pfadfinderlieder.

Paul fand, dass das ein guter Anfang war. Das Publikum klatschte schon beim ersten Lied mit und als die Füchse mit „Yellow Submarine" begannen, sangen sofort alle mit. Paul hatte das Lied schon einmal bei seinem Papa gehört. Der hatte ihm erklärt, dass *yellow submarine* „gelbes U-Boot" bedeutet und dass es ein sehr lustiger Song ist. So sagt man auf Englisch zu einem Lied. Jedenfalls gefiel dem Publikum das gelbe U-Boot so gut, dass der ganze Gemeindesaal mitsang und schunkelte.

Danach gab es einen Riesenapplaus. Dann wurde es schwierig. Die Wölfe hatten ein Pfadfinderquiz vorbereitet. Einige Eltern von Pfadfindern trauten sich und nahmen auf der Bühne Platz. Jeder, der teilnahm, musste 10 Euro abgeben und für jede richtige Antwort bekam man einen Euro zurück. Wenn man alle Fragen beantworten konnte, dann bekam man das ganze Geld zurück und noch einen Gutschein für ein Stück Kuchen. Wenn man keine Frage richtig beantwortete, dann musste man die zehn Euro bezahlen und bekam trotzdem ein Kuchenstück geschenkt.

Paul fand, dass das ein schöner Trostpreis war. Nur Tine wollte keinen Kuchen mehr. Kein Wunder, sie hatte schon vier Stücke gegessen.

Die Fragen waren richtig schwer. Nicht einmal Rico konnte alle beantworten. Oder weißt du, in welchem Jahr Robert Baden-Powell, der Gründer der Pfadfinder, geboren wurde? Das wusste Rico sofort: „1857“, flüsterte er den Waldfüchsen zu. „Und zwar in London.“

Aber Rico hatte keine Antwort darauf, wie viele Pfadfinder es weltweit gibt.

Weißt du es? Ich verrate es dir. Es sind mehr als 60 Millionen. Kannst du dir so eine große Zahl vorstellen? Es sind ungefähr so viele, wie Menschen in Italien wohnen. Das ist eine ganze Menge, stimmt's?

Rico sagte leise zu Said, dass es fast in jedem Land Pfadfinder gibt und wenn du zum Beispiel nach Japan oder sogar nach Australien reist, findest du dort Pfadfinder. Und Said antwortete ebenso leise, dass sogar in seinem Land Pfadfinder waren. Jedenfalls früher – vor dem Krieg.

Nach und nach wurden es immer weniger Kandidaten. Irgendwann kam für fast alle eine Frage, die sie nicht beantworten konnten. Oder weißt du, welche Feuerstelle man zum Kochen bei Regen bauen soll? Ein Grubenfeuer! Das hast du nicht gewusst, stimmt's?

Nur eine Frau wusste einfach alles. Sie wusste, dass der Spitzname von Robert-Baden Powell „Impeesa“ war. Und sie wusste sogar, was das bedeutet: der Wolf, der nie schläft. Sie konnte die Himmelsrichtungen bestimmen und konnte sagen, wie man die Höhe von Bäumen berechnet.

Schließlich hatte sie alle zehn Fragen beantwortet. Die Wölfe gaben ihr die zehn Euro zurück. Aber weißt du, was die Frau gemacht hat? Sie hat die zehn Euro gespendet und noch einmal 20 Euro dazugegeben.

Die Frau bekam einen Sonderapplaus und das war nur gerecht, fand Paul und die Waldfüchse freuten sich, weil immer mehr Geld zusammenkam.

Jetzt waren die Wildgänse an der Reihe. Sie schoben den Tisch mit dem Baumstamm auf die Bühne. Die Aufgabe war, Nägel mit so wenigen Hammerschlägen wie möglich in das Holz zu treiben. Das klang ein wenig langweilig und so gingen die Waldfüchse lieber in die Garderobe, um sich für ihren Auftritt umzuziehen.

Paul stand in seiner geliehenen Kluft vor dem Spiegel, neben sich seine kleine Schwester, ebenfalls in einer Kluft, dahinter Sunshine und Summer. Sie hatten sich von Oma Hilde blaue Kostüme nähen lassen, damit sie wie Wasser aussahen. Said und Lenart waren wie immer angezogen, aber sie machten ein recht feierliches Gesicht. Und Rico war ganz grün gekleidet, weil er den Wald und seine Bewohner darstellen wollte.

Tom wünschte ihnen viel Glück und sagte: „Ich drück euch die Daumen!“

Sunshine und Summer aber meinten, dass man sich ganz anders Glück wünschen muss, damit es kein Unglück gibt.

„Man muss den anderen umarmen und dann so tun, als ob man über seine linke Schulter spucken würde und dabei drei Mal toi, toi toi sagen.“

„Und – ganz wichtig: Der Andere darf auf keinen Fall Danke sagen!“

Die Waldfüchse kamen sich etwas seltsam vor, aber sie taten, wie es die Mädchen gesagt hatten.

Dann hörten sie, wie Lena auf die Bühne kam und sagte:

„Und jetzt, liebe Freundinnen und Freunde, liebe Pfadfinderinnen und Pfadfinder, kommt ein ganz besonderer Programmpunkt. Zum ersten Mal präsentiert sich unsere neue Sippe. Sie nennen sich die Waldfüchse und es sind Tine, Sunshine, Summer, Paul, Rico, Said und Lenart. Sie haben sich etwas ausgedacht, wofür es eigentlich keinen Namen gibt: ich würde sagen, es ist ein Musik-Akrobatik-Tanz-Theater-Stück. Bitte einen herzlichen Applaus für unsere junge Sippe!"

Die Waldfüchse hörten, wie das Publikum klatschte und pfiff.

„Wir müssen raus auf die Bühne", rief Sunshine.

Paul bekam einen riesigen Schreck. Er wollte sich daran erinnern, was er als Erstes zu tun hatte. Aber da war nichts. Überhaupt nichts!

„Ich kann da nicht hinaus", sagte er verzweifelt. „Ich habe alles vergessen!"

Summer lachte: „Das ist ganz normal! Wenn es erst einmal losgeht, kommt alles wieder zurück!"

„Und wenn nicht?"

„Dann musst du ganz alleine alle Zelte aufbauen!", flüsterte Rico.

„Du bist ein wahrer Freund, Rico", seufzte Paul. Dann wurde er von Lenart auf die Bühne geschoben.

Said hatte schon zu trommeln begonnen. Erst ganz wild, bis das Publikum ruhig wurde. Dann trommelte er leise und

Lenart spielte einzelne Töne dazu. Rico machte Tiergeräusche, einen Kuckuck und andere Vögel und Summer und Sunshine waren der Wind.

Tine und Paul hatten sich an der Hand gefasst und gingen vorsichtig über die Bühne. Das Licht war nun dunkler geworden und beide hatten eine Taschenlampe angeschaltet.

Wir sind wir Hänsel und Gretel, dachte Paul. Da wurde das Trommeln lauter und Lenart machte mit seiner Ukulele seltsame schrille Töne. Es hörte sich an wie ein Gewitter!

Sunshine und Summer standen ganz eng beieinander in ihren blauen Kostümen. Dann schlugen sie in ihren blauen Kostümen Räder zum Bühnenrand und wieder zurück. Es sah aus, als wäre da plötzlich Wasser! Said trommelte jetzt wie wild. Es hörte sich ganz echt an. Man konnte glauben, ein Gewitter kommt näher! Und Lenart? Er spielte – eine Feuerwehrsirene! Irgendwo hatte ein Blitz eingeschlagen! Tine umklammerte Pauls Hand jetzt fester. Sie standen nun wie zwei verlorene Kinder in der Mitte der Bühne und leuchteten sich mit ihren Taschenlampen ins Gesicht. Summer und Sunshine gingen um sie herum – im Handstand! Es sah aus, als würde das Wasser jetzt steigen. Tine und Paul waren auf einen Tisch geklettert. Sie waren auf ihrer Insel und das Wasser hatte sie eingeschlossen! Paul morste mit seiner Taschenlampe S.O.S. und Tine leuchtete hektisch von einem Eck in das andere. Sie suchte Hilfe! Noch immer donnerte und blitzte es und aus der Ferne war die Sirene zu hören. Sunshine und Summer machten nun Handstandüberschläge. Das ging hin und her auf der Bühne wie ein Wirbelwind! Die Musik wurde noch wilder. Plötzlich stand Sunshine auf Summers Schulter. Das Wasser war jetzt zu einer riesigen Flut geworden. Paul und Tine waren auf ihren Inseltisch gesprungen, damit das Wasser sie nicht verschluckte. Da sprang Sunshine hoch, drehte sich in einem Salto und stand einen Augenblick später neben Summer. Gerade in dem Moment, als die Musik stoppte und Tine und Paul ihre Taschenlampen ausschalteten. Es war dunkel auf der Bühne. Im Zuschauerraum – Stille. Absolute Stille! Unsicher schauten sich die Waldfüchse an. Hatte es den Menschen unten im Saal so wenig gefallen? Die anderen Sippen hatten doch auch Applaus bekommen. Dann ging das Licht auf der Bühne an und der Jubel brach los. Das Publikum klatschte und klatschte und wollte überhaupt nicht mehr aufhören. Irgendwann standen alle auf und klatschten immer weiter. Da flüsterte Tom Said und Lenart etwas ins Ohr, schnappte sich seine Gitarre und begann zu singen: *„We all live in a yellow submarine, yellow submarine, yellow submarine!"*

Der ganze Saal sang mit und es war so laut und fröhlich, dass sogar die Gardinen an den Fenstern im Rhythmus mitwippten.

Dann war der bunte Abend zu Ende. Die Waldfüchse mussten noch ganz viele Fragen beantworten und alle waren begeistert. Sunshine musst versprechen, im Zeltlager einen Akrobatikkurs zu veranstalten. Auch Said wurde gefragt, ob man bei ihm Trommeln lernen kann. Er wurde rot und nickte nur. Nur Lenart wurde wütend, weil so viele bei ihm Ukulele lernen wollten.

„Was soll das? Glaubt ihr vielleicht, ich bringe irgend jemanden Ukulele bei? Dann spielt das ja jeder. Und es ist kein besonderes Instrument mehr. Das könnt ihr vergessen. Geht zu Tom, der soll euch zeigen, wie Gitarre geht. Ukulele, das ist mein Instrument. Verstanden?“

Endlich zerstreute sich die Menge, aber das dauerte, weil Tine mit ihrer Spendenbox an der Tür stand und niemanden hinausließ, der nicht Geld hinein geworfen hatte. Schließlich waren nur noch die Pfadfinder übrig.

Lena bedankte sich bei allen und dann verkündete sie das Ergebnis: „Wir haben 464 Euro an Spenden bekommen! Das heißt, alle fahren mit ins Zeltlager!“

Kannst du dir vorstellen, wie sich die Waldfüchse freuten? Am meisten freute sich Said, auch wenn er das nicht so gern zeigen wollte. Aber seine Freunde kannten ihn mittlerweile gut genug. Sie wussten genau, wie froh ihn das machte.

„So einfach kommt ihr mir nicht davon! Aufräumen!“

Das war natürlich Lenart.

„Die Kluft von Tine und Paul muss ins Lager, ebenso die Taschenlampen und die Instrumente und die vier Hämmer! Das muss sofort gemacht werden.“

Wenn Lenart so redete, dann gab es keinen Widerspruch.

Also packten die Waldfüchse zusammen und mit den anderen Pfadfindern liefen sie zum Lager. Das lag auf der anderen abgelegenen und dunklen Seite des Gebäudes. Als sie näherkamen, sahen sie, dass etwas nicht stimmte.

„Wieso brennt Licht im Lager?“, fragte Lenart verwirrt.

„Weil du es vielleicht brennen hast lassen?“, gab Rico zurück.

„Sicher nicht. Ich lasse nie das Licht brennen!“

Dann sahen sie es. Das große Fenster neben der Eingangstür zum Gemeindesaal war eingeschlagen. Überall lagen Scherben herum und die Tür stand sperrangelweit offen. Jemand war hier eingebrochen! Sie gingen vorsichtig hinein. Niemand da! Die Einbrecher waren verschwunden.

Da hörten sie Lenart schreien. Sie stürzten in den Lagerraum, wo Lenart auf dem Boden saß und auf die Regale deutete: „Die Zelte, die Jurten. Alles gestohlen!“

Die Ermittlungen

Alle starrten auf die leeren Regale. Das konnte doch nicht wahr sein! Während sie einen bunten Abend feierten, hatte ihnen jemand ihre Zelte gestohlen!

Tom fasste sich als erster wieder: „Wir müssen die Polizei verständigen!"

„Aber vorher suchen wir nach Spuren", sagte Rico und schaute entschlossen die anderen an.

Lena schüttelte den Kopf: „Meinst du nicht, das sollte lieber die Polizei machen?"

Aber Rico ließ sich nicht beirren: „Wir sind doch die Pfadfinder! Wir können tausendmal besser Spuren sichern als die Polizei. Stimmt's?"

So ganz überzeugt wirkte niemand, aber Lenart rappelte sich hoch und sagte nur: „Fingerabdrücke!"

„Lenart, wie willst du hier drinnen Fingerabdrücke der Einbrecher finden? Hier ist alles voll von Abdrücken."

„Nein, Tom, ist es nicht. Warum? Weil ich jedesmal, bevor ich gehe, die Regale mit einem Tuch sauber wische. Das mach ich immer, das geht nicht anders. Und deshalb haben wir vielleicht Glück."

„Aber nur, wenn die Diebe keine Handschuhe anhatten", sagte Rico.

Lenart zog vorsichtig eine Schublade auf und holte einen Pinsel und weißes Pulver hervor: „Talkum", erklärte er. „Das gibt's in der Apotheke."

Er stäubte vorsichtig etwas Talkum auf ein Regalfach und verteilte es mit dem Pinsel über die ganze Fläche. Nichts!

„Da seht ihr, wie gut ich sauber mache“, sagte Lenart grimmig und stäubte Talkum auf das nächste Regal. Einige Bewegungen mit dem Pinsel und Lenart stutzte, wirbelte noch einmal mit dem Pinsel und rief aufgeregt: „Treffer!“

Schnell sprang Rico mit einem breiten Tesaband zu Lenart, er schnitt einen Streifen des Klebebandes ab und vorsichtig drückte er es auf den Fingerabdruck. Dann zog er das Band wieder ab und klebte es auf einen schwarzen Karton. Stolz zeigte er den anderen seinen Fund. Wirklich, es war ein Fingerabdruck zu sehen. Lenart hatte mithilfe von Rico einen perfekten Fingerabdruck sichergestellt.

„Jetzt kannst du die Polizei holen, Tom“, sagte Rico und er hatte plötzlich eine ganz tiefe Stimme, so wie Detektive sie im Fernsehen haben.

Es dauerte keine zehn Minuten und sie hörten eine Polizeisirene, die der Sirene recht ähnlich war, die die Waldfüchse vorhin beim bunten Abend gespielt hatten.

Die Polizisten nahmen Tom zur Seite, der ihnen erklärte, was passiert war. Paul stellte sich unauffällig in die Nähe, um zu hören, was die Polizisten sagten.

Es waren eine Frau und ein Mann. Frau Polizeihauptmeisterin Grohe und Polizeihauptmeister Rübe.

Als Paul sich näher schlich, sagte gerade Polizeihauptmeisterin Grohe zu Tom: „Im letzten Jahr hatten wir zahlreiche Einbrüche hier in der Gegend. Allerdings wurden dabei ausschließlich Antiquitäten gestohlen. Also alte, wertvolle Möbel. Ein Einbruch wie dieser hier ist daher eher ungewöhnlich."

Und Polizeihauptmeister Rübe sagte: „Wer stiehlt schon Zelte?"

„Für uns ist das eine einzige Katastrophe", antwortete Tom leise, die Pfadfinder sollten ihn nicht hören. „Wir wollen nächste Woche in ein Zeltlager fahren, aber ohne Zelte geht das nicht. Meinen Sie, Sie finden die Diebe bis dahin und vor allem unsere Zelte?"

Die beiden Polizisten warfen sich einen Blick zu, dann sagten sie ebenfalls leise: „Wir versuchen natürlich unser Möglichstes, aber ich will Ihnen keine allzu große Hoffnung machen. Im Moment hat bei den Ermittlungen die Antiquitätenbande absoluten Vorrang. Es gab vierzehn Einbrüche in den letzten zwölf Monaten und wir haben nicht die geringste Spur."

Tom nickte traurig.

„Sie müssen den Einbruch der Versicherung melden. Die ersetzen Ihnen den Schaden", versuchte Frau Grohe zu trösten.

„Bis die bezahlt und wir neue Zelte bekommen, ist das Zeltlager schon lange vorbei!“, entgegnete Tom und schüttelte den Kopf. „Ich fürchte, wir müssen das Zeltlager absagen. Wie soll ich das den Kindern bloß erklären?“

„Wer weiß, vielleicht geschieht ja ein Wunder“, sagte Herr Rübe und klappte sein Notizbuch zu. „Wir melden uns, wenn wir Neuigkeiten haben!“

„Es wird ein Wunder geschehen, weil das Zeltlager nicht ausfallen darf. Und es wird auch nicht ausfallen! Wir sind die Waldfüchse und wir retten das Zeltlager!“, hörte sich Paul schreien. Er wollte das überhaupt nicht sagen, aber die Worte kamen einfach aus ihm heraus.

Alle Köpfe fuhren herum. Jetzt mussten die Polizei und Tom natürlich erklären, dass das Zeltlager in Gefahr war.

Alle ließen traurig die Köpfe hängen und nach und nach verabschiedeten sie sich. Schließlich waren nur noch die Waldfüchse im Raum.

Niedergeschlagen saßen sie am Boden.

„Ich versteh das nicht. Es klaut doch niemand Zelte. Das habe ich noch nie gehört, dass jemand Zelte klaut!“, jammerte Lenart. „Drüben im Büro stehen Computer und Drucker, sowas stiehlt man, aber doch keine Zelte!“

Paul überlegte: „Wer hat ein Interesse daran, uns unsere Zelte wegzunehmen?“

Alle dachten angestrengt nach, aber niemand hatte eine Antwort.

„Vielleicht andere Pfadfinder?“, schlug Summer schließlich vor.

„Nie im Leben würden Pfadfinder so etwas machen. Außerdem würde das doch auffallen, wenn in einem Zeltlager auf einmal unsere Zelte auftauchen“, widersprach Rico.

„Und wenn sich jemand an uns rächen will?“, fragte Paul in die Runde.

Ja, das könnte eine Möglichkeit sein!

Und da hatten sie mit einem Mal alle denselben Verdacht: „Die Bösen Jungs!“

„Das ist es“, rief Rico. „Natürlich! Sie wollen sich rächen, weil Lenart ihnen keine Straßengebühr bezahlt hat.“

„Bin ich jetzt schuld, oder was?“, antwortete Lenart wütend.

„Nein, du bist nicht schuld. Aber das könnte doch eine Möglichkeit sein“, überlegte Summer.

„Ich habe Angst!“

„Ich auch, Tine“, flüsterte Said.

„Wir müssen keine Angst haben, wir sind viele und wir passen aufeinander auf“, sagte Paul und drückte seine Schwester an sich. Dann fuhr er fort: „Ich habe einen Plan. Hört bitte genau zu! Wir bekommen unsere Zelte rechtzeitig zurück, das verspreche ich euch!”

Du musst wissen, wenn Paul etwas verspricht, dann hält er das auch. Eintausendprozentig!

Paul erklärte den Waldfüchsen, was er vorhatte: „Wir haben einen Fingerabdruck und den müssen wir überprüfen …“. Und dann redete er und redete.

Die Waldfüchse bekamen große Augen und erst schüttelten sie die Köpfe, aber dann verstanden sie. Als Paul endlich fertig war, wussten sie, was zu tun war.

Du bist sicher gespannt, was dann passierte.

Gleich erfährst du es!

Die Bösen Jungs

Lenart schaute sich um. Niemand war zu sehen. Aber er war sich sicher, dass die Bösen Jungs hier irgendwo sein mussten. Langsam fuhr er mit seinem roten Dreirad die Straße Richtung Gemeindezentrum. Immer noch nichts zu sehen! Das konnte doch nicht sein, sonst waren die Bösen Jungs immer hier, wenn er zur Gruppenstunde radelte.

Da sah er sie! Sie hatten sich hinter der Bäckerei versteckt.

Lenart trat in die Pedale und wurde schneller. Einer der Bösen Jungs sprang hinter ihm her und hätte den Gepäckträger um ein Haar zu fassen bekommen. Das war knapp. Jetzt kamen auch die anderen um das Eck gelaufen. Sie verfolgten ihn und sie waren ganz schön schnell. Lenart beschleunigte, aber der Abstand wurde geringer. Bald würden sie ihn eingeholt haben.

Da vorne war das Gemeindezentrum. Lenart wurde schneller. Aber die Bösen Jungs kamen immer näher.

Lenart riss den Lenker herum und fuhr auf den Hof des Gemeindezentrums.

Aber die Bösen Jungs hatten gesehen, dass er abgebogen war und liefen nun ebenfalls auf den Hof.

Lenart war stehen geblieben. Vor ihm war die Hausfront des Gemeindezentrums und das Tor zur anderen Straße war geschlossen. Der einzige Weg aus dem Hof hinaus lag hinter ihm. Aber da standen nun grinsend die Bösen Jungs. Lenart saß in der Falle!

„Ja, wen haben wir denn da?“, fragte der größte der Bösen Jungs.

Ein anderer antwortete: „Ich seh ein Riesenbaby auf einem Riesenbabyfahrrad. Und dieses Riesenbaby schuldet uns noch Geld!“

Langsam bewegten sich die Bösen Jungs auf Lenart zu, der sich an die Hausmauer drückte. Sechs brutale Kerle gegen einen Jungen. Das ist unfair, findest du nicht auch?

„Baby hat Angst“, lachte einer mit einer hohen Stimme.

„Lasst Lenart in Ruhe, sonst bekommt ihr es mit uns zu tun!“, schrien Paul und Rico, die plötzlich in der Hofeinfahrt standen.

„Uuuups, da sind ja noch mehr Babys“, freuten sich die Bösen Jungs. „Da lohnt sich das Abkassieren ja richtig.“

Offensichtlich hatte sie das Auftauchen von Paul und Rico nicht sehr beeindruckt.

„Ich warne euch, lasst ihn in Ruhe!“, sagte Rico noch einmal und ballte die Fäuste.

„Ich werde gleich sehr, sehr böse, wenn ihr nicht sofort verschwindet“, knurrte der Anführer der Bösen Jungs.

„Das wollt ihr nicht sehen, wenn unser Chef so richtig böse wird. Außerdem, könnt ihr nicht zählen: wir sind sechs und ihr nur drei. Genau genommen drei halbe Portionen!“

„Wie kommst du darauf, dass wir nur drei sind? Seid ihr zu dumm zum Zählen?“

Du wirst es nicht glauben, was jetzt passierte, aber es ist wahr, ich schwöre es bei meiner Pfadfinderehre!

Immer mehr Pfadfinder kamen auf den Hof. Es hörte überhaupt nicht mehr auf. Wenn du mich fragst, waren es bestimmt 50 Jugendliche, Jungs und Mädchen, die auf den Hof drängten. Und alle hatten Handys gezückt, mit denen sie die Bösen Jungs filmten.

„So", sagte Rico. „Ihr seht ja, wir filmen alles, was ihr macht. Und es liegt an euch, ob wir das veröffentlichen oder wieder löschen."

„Das ist verboten", sagte einer der Bösen Jungs trotzig.

„Es ist auch verboten, Geld von Kleineren und Jüngeren zu stehlen", antwortete Sunshine.

„Ist ja gut", sagte der Anführer der Bösen Jungs. „Wir gehen ja schon." Die Bösen Jungs sahen ziemlich eingeschüchtert aus. Damit hatten sie nicht gerechnet: dass nämlich sie in die Falle gegangen waren!

Aber Paul unterbrach ihn: „Nicht so schnell. Wir sind noch nicht fertig. Erstens, ihr sagt laut und deutlich, dass ihr kein Geld mehr von irgendjemanden erpresst und zwar in die Kamera hier." Er zeigte auf sein Handy.

Mit zusammengepressten Lippen schworen sie es.

„Gut, wenn ihr euch daran haltet, dann sieht dieses Video kein Mensch, wenn nicht, dann …!"

„Schon recht, was noch?", fragte der Anführer. Die Bösen Jungs wollten nur noch weg.

„Fingerabdrücke! Unsere Zelte wurden geklaut und wir haben euch im starken Verdacht, dass ihr das wart. Deshalb nehmen wir von euch allen die Fingerabdrücke."

„Nie im Leben, seid ihr verrückt!", schrien die Bösen Jungs durcheinander. „Was sollen wir mit euren doofen Zelten?"

„Wir werden ja sehen“, sagte Paul und Rico ergänzte.

„Es tut nicht weh und außerdem brauche ich von jedem nur einen Daumenabdruck.“

Was glaubst du, wie sauer die Bösen Jungs schauten. Pfadfinder nahmen bei der berüchtigten Bande die Fingerabdrücke! Aber sie hatten keine andere Chance. Zu viele Handys filmten alles, was auf dem Hof passierte.

Rico hatte alles dabei: eine kleine Glasplatte, Talkum und einen Pinsel zum Verreiben. Schnell war die Sache erledigt. Dann nahm Rico den Fingerabdruck des Diebes aus dem Lager. Sorgfältig verglich er ihn mit den Abdrücken der bösen Jungs. Das dauerte. Schließlich zog er sogar noch eine Lupe aus der Tasche und verglich noch einmal.

Dann schaute er auf und schüttelte den Kopf: „Kein Treffer! Die waren es sicherlich nicht!“

„Habe ich doch gleich gesagt“, rief der Chef der Bösen Jungs und winkte seine Bande zu sich. Schnell verschwanden sie aus dem Hof.

Jubel brach los.

Tine schrie über den ganzen Trubel hin weg: „Ich hab’s ihnen gezeigt. Und wie ich es ihnen gezeigt habe!“

Da lachten alle und ließen Tine hochleben.

Nur Rico und Paul bleiben ernst. Rico machte ein Zeichen und wartete, bis alle verstummten: „Die Bösen Jungs waren es nicht. Das war unsere einzige Spur! Wir stehen wieder ganz am Anfang.“

Traurig schaute Paul in die Runde. Das war es dann wohl mit dem Zeltlager, dachte er und musste seine Tränen wegdrücken.

Ein neue Spur

Die Waldfüchse saßen unter der Trauerweide. Oma Hilde hatte Kuchen gebacken, aber niemand hatte Appetit. Nicht einmal Tine. Außerhalb der tiefhängenden Zweige war schönstes Wetter, Sonne und ein strahlend blauer Himmel.

„Es ist so gemein“, sagte Lenart. „Letztes Jahr hat es das ganze Zeltlager über nur geregnet und dieses Jahr ist es nur schön. Aber es findet kein Zeltlager statt!“

„Noch haben wir fünf Tage, um unsere Zelte wiederzufinden“, sagte Sunshine. „Und fünf Tage, das ist fast eine Woche.“

„Ja“, versuchte Paul allen Mut zu machen. „Das ist eine Schulwoche lang und überlegt mal, wie langsam die Zeit in der Schule vergeht. Wir haben also noch genug Zeit.“ Aber so richtig glaubte er es sich seine Worte selber nicht

„Wollen wir ein Lied singen?“, schlug Said vor. „Lieder gut für Gemüt.“

Keiner hatte eine bessere Idee und so sangen sie:

„Nehmt Abschied, Brüder,
ungewiss ist alle Wiederkehr,
die Zukunft liegt in Finsternis
und macht das Herz und schwer.“

Das Lied hatte recht, ihnen war das Herz schwer. Sie hatten sich so auf das Zeltlager gefreut. Immerhin wäre es ihr erstes Zeltlager gewesen. Sie hatten sogar genug Geld verdient, damit alle mitfahren konnten. Und sie hatten die anderen Sippen kennengelernt! Es war einfach nur traurig.

„Nehmt Abschied, Brüder, schließt den Kreis!
Das Leben ist ein Spiel;
und wer es recht zu spielen weiß,
gelangt ans große Ziel.
Der Himmel wölbt sich überm Land.
Ade, auf Wiederseh'n!"

Irgendetwas knackste in Pauls Kopf. Irgendetwas in seinem Gehirn wollte ihm etwas sagen, aber es kam nicht an seine Ohren. Er hörte auf zu singen, lief hinaus in den Garten und zum großen Trampolin. Dort begann er zu hüpfen. Höher und immer höher sprang er und dachte nach. Es war das Wort Spiel gewesen, das ihn stutzig hatte werden lassen. Spiel! Bevor sie mit ihrem Spiel beim bunten Abend angefangen hatten, hatte er etwas gesehen, aber was?

Er war so nervös gewesen, dass alles orange ausgesehen hatte und er hatte nachgesehen, ob die Bösen Jungs wirklich verschwunden waren und da hatte er ... den dicken Mann gesehen. Der dicke Mann! Aber was hatte der dicke Mann mit einem Spiel zu tun? Er sah nicht gerade aus, als würde er gerne spielen. Oder doch? Als sie ihm am Zeltlagerplatz begegnet waren, war er erst ganz böse gewesen und dann ganz freundlich. War das alles nur gespielt? Und warum hatte er sich so genau nach dem bunten Abend erkundigt und wann er stattfand? Wollte er nicht auch wissen, wo das Gemeindezentrum lag? Alles wollte er wissen! War das Interesse nur gespielt? Und er hatte gelogen. Es gab kein gelbes Pfadfinderhalstuch mit blauen Punkten!

Aber warum sollte der dicke Mann das alles nur spielen?

Da knackste es in der Telepathieleitung: Paulzwei rief an!

„Paulzwei an Paul! Irgendetwas ist faul an der Sache mit dem Dicken."

„Das habe ich auch schon heraus gefunden, Paulzwei!"

„Ich meine, warum treibt der sich beim bunten Abend herum? Und verschwindet, als die Vorstellung beginnt?"

„Er weiß genau, dass alle Pfadfinder im Gemeindesaal sind und niemand, aber auch wirklich niemand im Lager ist."

„Er hat also freie Bahn, um ..."

„... einzubrechen und die Zelte zu stehlen!"

„Das bringt uns zu der alles entscheidenden Frage!"

„Die da lautet?"

„Warum?"

„Wie warum?", fragte Paulzwei.

„Warum, Paulzwei, sollte der dicke Mann im Gemeindezentrum einbrechen und den Pfadfindern Zelte klauen?"

„Das macht keinen Sinn, du hast recht. Schade."

„Es sei denn", Paul hatte einen Gedankenblitz. „Es sei denn, der dicke Mann will verhindern, dass wir ein Zeltlager veranstalten."

„Ohne Zelte kein Zeltlager, Paul!"

„Ohne Zelte kein Zeltlager", wiederholte Paul.

„Und ohne Zeltlager keine Pfadfinder bei seinem Schuppen." Paulzwei pfiff durch die Zähne:

„Du meinst, der dicke Mann will verhindern, dass jemand seinem Schuppen zu nahe kommt?"

Paul nickte: „Das könnte sein."

Paulzwei pfiff noch einmal: „Das stinkt zum Himmel, Paul!"

„Das stinkt gewaltig zum Himmel, Paulzwei!"

„Aber warum will er Leute von seinem Schuppen weghalten?", fragte Paulzwei nachdenklich.

„Das werden wir herausfinden, Paulzwei, das werden wir bald herausfinden", sagte Paul und beendete das Telepathiegespräch.

Er lief zur Trauerweide. Er musste mit den Waldfüchsen reden. Dringend!

Ein geheimer Ausflug

Rico hatte seinen Papa überredet, dass die Waldfüchse zu seinem Freund, dem Bauer Rüdiger, fahren durften. Sie wollten so gerne die Tiere sehen.

Ricos Papa hatte den Bauern angerufen und der hatte sich gefreut und gesagt, seine Tür ist immer offen für die Waldfüchse. Aber nur für die Pfadfinderfüchse, nicht für die echten Füchse, hahaha.

Gleich nach der Schule sausten sie auf ihren Fahrrädern los. Erst besuchten sie Rüdiger und streichelten ein paar Minuten die Kühe und Tine jagte die Hühner.

Dann erklärte Rico, dass sie im Auftrage des Stammes den geplanten Zeltlagerplatz vermessen müssten.

Rüdiger gab ihnen noch etwas Proviant mit und Sprudel, dann verabschiedeten sich die Waldfüchse und radelten Richtung Zeltplatz.

Als sie die Fellner-Wiese durch die Bäume erahnen konnten, hielten sie an, versteckten ihre Fahrräder im Wald und Paul fragte: „Und jetzt? Wie weiter?"

„Als erstes erkunden wir die Lage. Wir schleichen uns einmal um den Schuppen und schauen, ob der dicke Mann oder sonst wer hier ist. Said, Tine und Lenart gehen mit Paul rechts herum und wir anderen halten uns links. Wir treffen uns hinter dem Schuppen. Seid bitte leise und vorsichtig. Achtet darauf, dass ihr auf keine morschen Äste oder Zweige tretet. Die zerbrechen und machen ein lautes Geräusch. Schleicht langsam und redet nicht miteinander, vor allem nicht Tine!“

„Und wenn gefährlich wird, was machen wir dann?“, fragte Said.

„Dann warnt die eine Gruppe die andere mit dem Pfadfinderpfiff.“

Zum Glück hatte Tom ihnen dieses Signal in der letzten Gruppenstunde beigebracht. Nur Tine konnte den Pfiff nicht, sie brachte einfach ihre Lippen nicht in die richtige Stellung.

Kannst du dir vorstellen, wie sehr sie sich darüber ärgerte?

„Noch Fragen?“

Die Waldfüchse schüttelten den Kopf, dann teilten sie sich in zwei Gruppen und huschten los. Vorsichtig bewegten sie sich durch den Wald. Behutsam bogen sie Zweige zur Seite und stiegen vorsichtig über alte Äste, wichen Dornensträuchern aus und behielten dabei den Schuppen die ganze Zeit im Auge. Nichts bewegte sich dort drüben. Paul war sicher, dass niemand auf dem Grundstück war.

Trotzdem schlichen sie ganz behutsam weiter. Sie waren so leise, dass Rico sie nicht bemerkte, bis Paul ihm auf die Schulter tippte. Rico wäre beinahe vor Schreck umgefallen und alle mussten sich auf die Lippen beißen, um nicht laut loszulachen.

Jetzt waren sie auf der Rückseite des Schuppens. „Niemand zu sehen“, flüsterte Rico.

„Die Luft ist reich“, sagte Said.

„Das heißt rein. Die Luft ist rein, Said“, verbesserte ihn Rico.

Immer musste Rico Said verbessern. Sogar jetzt mitten in diesem Abenteuer!

„Wir müssen Fingerabdrücke nehmen. Ich habe alles mit dabei“, erklärte Rico.

„Aber da können eine Million Fingerabdrücke sein. Wer weiß, wieviel Menschen hier schon ein- und ausgegangen sind“, warf Summer ein.

„Da hat meine Schwester ausnahmsweise einmal recht“, pflichtete ihr Sunshine bei.

„Erinnert ihr euch, was der dicke Mann in der Hand hielt, als wir das letzte Mal hier waren?“, fragte Rico.

Paul überlegte und dann fiel es ihm ein: „Einen Fressnapf für diesen scheußlichen Hund! Rex.“

„Genau“, antwortete Rico stolz, „und diesen Fressnapf hat der dicke Mann mit einem Tuch sauber gerieben. Wahrscheinlich ist das sein Hund, also füttert er ihn. Ich gehe jede Wette ein, dass auf dem Fressnapf nur die Fingerabdrücke des Dicken sind, weil er ihn jedes Mal sauber macht.“

„Das klingt logisch“, sagte Lenart. „Und was logisch ist, ist gut!“

„Aber wo ist Napffress?“, fragte Said. „Sehe nichts!“

Gute Frage, dachte Paul.

„Den müssen wir jetzt suchen“, antwortete Rico leicht genervt. „Wir machen zwei Gruppen: Tine und Summer, ihr stellt euch als Wachen an das linke Hauseck und Lenart und Sunshine an das rechte. Paul, Said und ich suchen die Schüssel.“

Sie kletterten vorsichtig über den Zaun und legten sich auf den Boden. Nichts rührte sich. Rico gab ein Zeichen und alle nahmen ihr Positionen ein. Aber kein Fressnapf war weit und breit zu sehen. Rico deutete auf eine Hundehütte. Sie schlichen zu ihr. Die Hütte war leer, kein Napf war darin. Paul zeigte auf eine schwere Holztür. Sie schien nur angelehnt. Rico nickte und sie liefen geduckt zu der Tür. Vorsichtig öffnete Rico die Tür. In dem Raum war es stockdunkel. Allem Anschein nach war der Raum fensterlos. Aber gleich hinter der Tür glänzte etwas auf dem Boden. Der Fressnapf! Sie hatten ihn gefunden! Rico zog einen Handschuh aus der Tasche, zog ihn sich über die rechte Hand und schnappte sich den Napf.

In dem Moment hörten sie ein lautes Knurren, dann ein schreckliches Gebell und ein Hund sprang auf sie zu. Erschrocken zuckten die Jungs zurück. Sie versuchten die Tür zuzudrücken, aber der große Hund sprang gegen die Tür und drückte sie mühelos auf.

Rico und Paul taumelten zurück. Zum Glück war gleich neben der Tür ein hoher Stapel Bretter. In Windeseile kletterten sie hoch. Und er war hoch genug! Der Hund versuchte auf den Holzstapel zu springen, aber er prallte immer wieder ab und so bellte er immer wütender und wilder.

Die Mädchen und Lenart hatten sich auf einen Baum geflüchtet, der nur wenige Meter vom Schuppen entfernt stand.

Pauls Herz schlug bis zum Hals. Er hatte Angst und auch Rico schaute ganz erschrocken aus.

„Was sollen wir tun, Paul?“, fragte Rico ängstlich.

„Keine Ahnung“, antwortete Paul. „Ich habe nicht die geringste Ahnung!“

„Alles in Ordnung bei euch?“, rief Sunshine vom Baum herüber. Der Hund stutzte für einen Moment, dann lief er zum Baum und bellte dort immer weiter. Lenart hielt sich die Ohren zu.

„Wir sind in Sicherheit“, schrie Paul zurück. „Ist Said bei euch?“

„Nein, der war doch mit euch unterwegs“, hörte Paul vom Baum.

Rico und Paul sahen sich entgeistert an: Said war verschwunden. Wo war er?

Der Hund lief jetzt vom Baum zum Holzstapel und wieder zurück. Er knurrte und fletschte die Zähne, als wollte er sagen: „Kommt nur herab, ich habe Hunger!“

Da sah Paul, wie die Tür sich langsam bewegte. Jemand begann die Tür zu schließen. Dann sah Paul, wie Said hinter der offenen Tür hervorschlüpfte, sich in die Türöffnung stellte und mit den Armen herumfuchtelte:

„Hierher Hund, hierher. Habe deinen Napffress!“

„Said ist wahnsinnig geworden!“, dachte Paul. „Gegen den Hund hat er keine Chance.“

Der drehte seinen Kopf. Es war nun gefährlich still. Die Nackenhaare des Hundes stellten sich auf. Dann sprang er herum und stürzte mit riesigen Sprüngen auf Said zu.

Paul wollte die Augen schließen, aber es ging nicht. Schon hatte der Hund Said erreicht. Er sprang ab und flog mit weit aufgerissenem Maul auf den Jungen zu.

Im letzten Moment hechtete sich Said zur Seite. Der Hund flog an ihm vorbei, wobei er ein staunendes Wimmern von sich gab. Said sprang nach vorne und stieß mit aller Kraft die Tür zu. Der Hund war gefangen!

Mit zitternden Knien kletterten Paul und Rico vom Holzstapel.

Said lehnte an der Tür und war ganz bleich.

„Said, das war grandios“, riefen Paul und Rico.

„Habe gelernt auf Flucht. Oft böse Hunde. Darf man keine Angst haben. Wir sind schlau, Hund ist dumm!“, sagte Said und konnte schon wieder lächeln.

„Ihr könnt runterkommen“, rief Paul zum Baum. Seine Stimme war ganz rau.

„Nein, uns gefällt es ganz gut hier oben! Die Luft ist hier viel besser und man hat einen prima Ausblick!“

„Na, dann viel Vergnügen, Lenart“, lachte Rico. „Wir nehmen jetzt schnell die Fingerabdrücke und dann weg von hier.“

Rico holte Talkum und Pinsel aus der Tasche. Paul bereitete die Klebestreifen fort.

„Wunderbar, sieh dir das an, Paul. Das sind ganz klare Fingerabdrücke. Mindestens zehn Stück.“

Sie arbeiteten konzentriert und schon nach wenigen Minuten hatten sie zwölf Fingerabdrücke auf einen Karton geklebt.

Rico zog behutsam seine Lupe und den Fingerabdruck des Diebes hervor. Er begann sorgfältig zu vergleichen.

„Und?“, fragte Paul.

„Bislang nichts“, seufzte Rico und starrte weiter auf die Fingerabdrücke.

Paul schloss die Augen. Seine Knie zitterten immer noch. Vielleicht habe ich mich getäuscht, dachte er. Dann findet das Zeltlager nicht statt. Das konnte doch nicht sein!

Rico schrie: „Treffer! Treffer! Ich habe einen Fingerabdruck gefunden, der sieht aus wie der Zwilling von unserem Dieb! Der Dicke ist der Einbrecher. Wir haben den Beweis!"

Er umarmte Paul und Said.

„Nein, ihr habt keinen Beweis", ertönte plötzlich eine schneidende Stimme hinter ihnen. Die Jungs fuhren herum und starrten in das wütende Gesicht des dicken Mannes.

„Her mit den Fingerabdrücken, aber sofort", fuhr er Rico an.

„Nein", sagte Rico und wich zurück.

Da packte der dicke Mann Paul am Arm und zog ihn zu sich.

„Doch, du gibst mir jetzt die Beweise oder dein Freund hier muss es büßen!"

„Rico, gib Fingerdruck an Mann", flüsterte Said. „Mann böse!"

Rico wich immer noch zurück, er sagte kein Wort.

Der Mann zerrte Paul zur Holztür.

„Ihr wollt es nicht anders? Gut, dann sperr ich euren Freund jetzt so lange ein, bis ihr einseht, dass ich gewonnen habe!"

Mit der einen Hand hielt er Paul an der Jacke gepackt, mit der anderen riss er die schwere Holztür auf. Der Mann hatte ganz schön viel Kraft!

In diesem Moment sprang der große Hund mit einem lauten Bellen auf den Mann. Der hatte nicht damit gerechnet, dass der Hund in dem dunklen Raum war und ließ erschrocken Paul los und taumelte nach hinten. Aber auch der Hund war völlig überrascht, dass sein Besitzer vor der Tür stand und nicht die unverschämten Kinder. Er plumpste auf den Boden, winselte und sah zum dicken Mann.

„Los", schrie plötzlich Sunshine. Sie und Summer schubsten den Mann in den Rücken. Wie waren sie so schnell vom Baum herunter gekommen? Der Mann torkelte nach vorne. Paul und Rico verstanden, was die Mädchen vorhatten. Auch sie stürzten sich auf den Mann und versetzten ihm einen Stoß. Der Mann taumelte in die Türöffnung und die Waldfüchse stießen die Tür hinter ihm zu. Dann lehnten sie sich mit aller Kraft gegen die Tür. Sie drückten dagegen. Der Mann versuchte von innen, sie wieder aufzudrücken.

Paul merkte, wie ihn die Kraft verließ.

„Drücken", schrie er. „Drücken!" Und die Waldfüchse stemmten sich gegen die Tür. Sie durften den dicken Mann nicht heraus entkommen lassen.

„Warum strengt ihr euch denn so an?", fragte Tine unschuldig und gähnte gelangweilt.

„Hilf uns, Tine", rief Rico. „Wir brauchen jede Hilfe."

„Aber ich habe euch doch schon geholfen", sagte sie und pfiff ein Lied. Dann hob sie ihre Hand und zeigte einen großen Schlüssel.

„Habt ihr nicht gesehen, dass der Schlüssel in der Tür steckte? Das hab ich mir gedacht! Gut, dass ihr mich habt. Ich kümmere mich nämlich um die wichtigen Dinge. Deshalb habe ich abgeschlossen. Der Dicke und sein doofer Hund sind eingesperrt. Danke, liebe Tine!"

Vorsichtig ließen sie die Tür los. Rico drückte die Klinke und wirklich, es war abgeschlossen.

„Lasst mich sofort raus, das ist Freiheitsberaubung!", schrie der Mann von innen und trat wütend gegen die Tür.

„Sie können ja die Polizei holen", rief Paul und lachte.

Kannst du dir vorstellen, wie erleichtert die Waldfüchse waren, dass sie den Einbrecher erwischt hatten?

Rico zog ein Handy aus seiner Jacke. „Das machen wir für Sie“, sagte Rico. „Und zwar mit Vergnügen!“

„Hallo, hört mir vielleicht einmal jemand zu? Ich hocke hier auf dem Baum und ihr telefoniert?“

Erstaunt schauten die Waldfüchse zum Baum. Lenart saß immer noch oben und klammerte sich ängstlich an einen Ast.

„Komm runter, Lenart, die Gefahr ist vorbei“, lachte Sommer.

„Und wie soll das gehen?“, fragte Lenart. „Hochklettern, das kann jeder, aber wieder runterklettern, das ist eine Kunst! Helft mir gefälligst. Erst fange ich für euch den Einbrecher und dann lasst ihr mich einfach hier oben sitzen.“

Lenart ist ein richtig schräger Vogel, stimmt’s?

Schnell halfen sie dem schimpfenden Lenart vom Baum und dann hörten sie auch schon eine Polizeisirene.

Das Abenteuer war zu Ende! Oder sagen wir einmal so, fast zu Ende.

Eine schöne Überraschung gab es nämlich noch!

Ein bisschen Ärger

Die Eltern und Oma Hilde saßen schweigend in der Polizeiwache, als die Waldfüchse mit den Polizisten eintrafen.

„Nicht schon wieder", sagte Pauls Mama streng und funkelte ihn wütend an.

„Das ist jetzt das zweite Mal, dass wir euch bei der Polizei abholen", schimpfte Ricos Papa. „Von wegen, ihr wolltet zum Bauern Rüdiger!"

„Wir waren ja bei ihm", sagte Rico kleinlaut. „Zumindest am Anfang."

„Immerhin haben die Kinder einen Dieb überführt, und wie es aussieht, haben sie eine Einbruchsserie aufgeklärt!"

„Wir?", staunten die Waldfüchse und auch die Eltern bekamen große Augen.

Nur Oma Hilde sagte: „Das wundert mich überhaupt nicht. Meine Zwillinge sind nämlich kluge Kinder!"

Der Polizist, es war übrigens Polizeihauptmeister Rübe, fuhr fort: „Der Dieb hat schon gestanden. Er hat die wertvollen Antiquitäten gestohlen.

Die Betrüger gingen immer gleich vor. Erst setzte er Anzeigen in die Zeitung, mit denen er Antiquitäten zum Kauf suchte. Wenn sich dann jemand meldete, vereinbarte der Verbrecher einen Besichtigungstermin und bekam von den Verkäufern die Adresse. Er sagte dann aber immer ab und spionierte stattdessen die Häuser mit den Antiquitäten aus.

Wenn die Gelegenheit günstig war, dann brach er ein und stahl die Möbel und auch Schmuck und alles, was er Wertvolles fand. Das Diebesgut brachte er in den Schuppen im Wald bei der Fellner-Wiese. Wir haben den Schuppen aufgebrochen. Da ist ein riesiges Lager mit Möbeln und anderem Diebesgut."

„Aber warum hat der dicke Mann unsere Zelte gestohlen?", wollte Lenart wissen.

„Nun, er wollte verhindern, dass ein Zeltlager direkt neben seinem Schuppen stattfindet. Es waren so viele Möbel in dem Schuppen, dass er sie unmöglich so schnell wegräumen konnte und wohin? Er hatte Angst, dass ihr Pfadfinder herausfindet, was er im Schuppen versteckt. Da hatte er sich gedacht …"

„… ohne Zelte kein Zeltlager!", sagte Paul.

„Gut kombiniert!" Polizeihauptmeister Rübe nickte Paul anerkennend zu.

„Deshalb war er auch so freundlich zu uns …",

„… er wollte uns ausspionieren!", bemerkten die Zwillinge.

„Und auf dem Markt hat er den Werbezettel gefunden und so wusste er, wann der bunte Abend ist."

„Genau, Rico, und wo! Ich hab ihn vor der Aufführung gesehen. Er wusste genau, dass alle Pfadfinder beim bunten Abend sind und ihn niemand beim Einbruch stören wird."

„Ganz schlau, dieser Dickmann", sagte Said. „Aber nicht schlau genug für die …"

„…Waldfüchse!", riefen die anderen.

„Die Zelte waren übrigens auch in dem Schuppen. Sie sind unversehrt und wurden ganz trocken gelagert. Offensichtlich wollte der Einbrecher sie irgendwann verkaufen. Ihr könnt sie morgen abholen“, sagte Polizeihauptmeister Rübe und klang fast ein wenig feierlich.

„Das heißt …“ fragte Paul.

„… das Zeltlager kann stattfinden!“, antwortete der Polizist.

„Gut kombiniert, Rübe!“, lobte ihn Tine.

Da mussten alle lachen und was glaubst du, wie sich die Waldfüchse freuten, dass das Zeltlager gerettet war.

Sogar die Eltern waren schon wieder fast versöhnt.

„Es sieht auch ganz so aus, als ob ihr eine Belohnung bekommt! Die Polizei hat 3.000 Euro für die Ergreifung des Täters ausgesetzt. Die gehören jetzt wohl euch!“

Den Jubel hättest du hören sollen, der dann ausbrach.

Die Waldfüchse wollten das Geld dem Pfadfinderstamm spenden, aber das wollten die Eltern nicht. Die Belohnung wurde gerecht aufgeteilt und jedes Kind bekam ein eigenes Konto bei der Bank.

Vorher aber kauften sie für Said einen richtig tollen Schlafsack und eine Luftmatratze. So sind Freunde!

Im Zeltlager

Zehn Tage später stehen die Waldfüchse in der Mitte des Zeltlagers. Über ihnen wehen die Wimpel und das Stammesbanner. Der ganze Stamm hat sich versammelt und schaut den Waldfüchsen zu.

Die tragen eine Kluft und treten nervös von einem Fuß auf den andern.

Du willst sicher wissen, warum sie so aufgeregt sind.

Heute ist der vorletzte Tag des Zeltlagers und an dem Tag legen die neuen Pfadfinder das Pfadfinderversprechen ab.

Weißt du, was das ist? Mit dem Pfadfinderversprechen bist du ein richtiger Pfadfinder. Ab jetzt gehörst du ganz dazu, so wie viele Millionen auf der ganzen Welt. Und du bekommst ein Halstuch und die Pfadfinderlilie, die du dir auf deine Kluft nähen kannst.

Am nervösesten ist Paul.

„Ich habe meinen Text vergessen", flüstert er Summer zu.

Die nimmt seine Hand und flüstert zurück: „Das kriegen wir schon hin."

Bis es aber so weit gekommen ist, dass die Waldfüchse ihr Pfadfinderversprechen ablegen konnten, hatten sie viele neue Abenteuer zu bestehen.

Das aber ist eine neue Geschichte, die ich dir ein anderes Mal erzähle.

Foto: © Stefan Weigand

Christoph Biermeier, geboren in Passau, studierte in München Theaterwissenschaften, Philosophie und Neuere deutsche Literatur.

Er arbeitet als freier Regisseur unter anderem am Bayerischen Staatsschauspiel München, dem Nationaltheater Mannheim, dem Staatstheater Braunschweig, dem Theater Osnabrück, den Städtischen Bühnen Freiburg, dem Staatstheater Kassel, dem Landestheater Salzburg, den Ruhrfestspielen Recklinghausen oder dem Theater Lindenhof in Melchingen. Als Regisseur ist er in vielen Bereichen tätig. Er inszeniert im Bereich Schauspiel, Oper und Operette und Musical.

Lehraufträge hatte er im Masterstudiengang Bühnenbild an der Technischen Universität Berlin und an der Akademie für Darstellende Kunst in Ludwigsburg.

Von 2004 bis 2016 war er Intendant der zweitältesten Festspiele Deutschlands, der Freilichtspiele Schwäbisch Hall.

Als Autor schreibt er eine Vielzahl von musikalischen Revuen. Mit „Glenn Miller – ein Leben für den Swing“, „Summer of Love – eine Revue über die wilden 60er Jahre“, „Krieg der Träume“ am Landestheater Salzburg und „Berlin, Berlin – die große Show der goldenen Zwanziger Jahre“ errang er überregionale Bekanntheit.

Im Camino-Verlag sind von Christoph Biermeier erschienen: „Beichtgeheimnisse - Geschichten für Leicht- und Schwergläubige“ und „Die Waldfüchse Bd. 1 – Das Geheimnis der Pfadfinder“.

Mehr Informationen unter:
www.christoph-biermeier.de

Weitere Pfadfinderabenteuer

Christoph Biermeier

Die Waldfüchse

Das Geheimnis
der Pfadfinder

ISBN 978-3-96157-114-7

Das Abenteuerbuch mit echtem Pfadfinderwissen – der erste Band mit den Abenteuern der Waldfüchse, das sind Paul, Tine, Rico, Said und die Zwillinge Sunshine und Summer!

Paul und Rico erfahren gemeinsam mit ihren Freundinnen und Freunden, was hinter der Idee der Pfadfinderbewegung steckt. Mit Neugier entdecken sie ihre Umwelt, sind gemeinsam unterwegs und haben dabei jede Menge Spaß. Eingebettet in eine spannende Handlung, lernen sie, was Freundschaft bedeutet, und übernehmen Verantwortung für sich und für andere. Aber vor allem erleben sie Abenteuer – und das alles macht Pfadfinden aus.

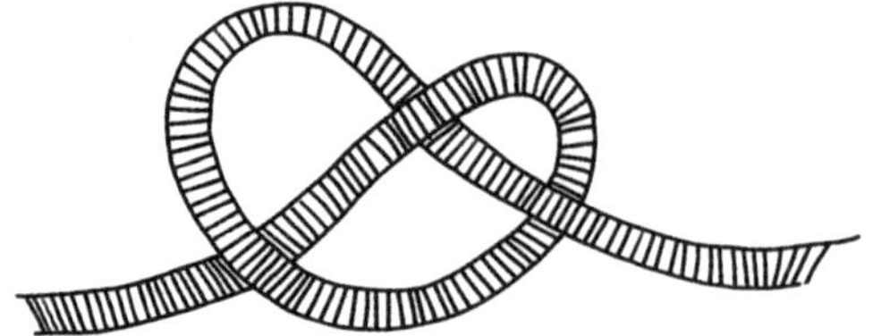